矢よ優しく飛べ

秋山正幸

Masayuki Akiyama

目次

矢よ優しく飛べ

第一部　激動の時代で

一

それは十二歳の山村春男にとって忘れられない体験だった。

雷と縁の深い栃木では、雷のことを雷様《らいさま》という習わしがある。この地方では雷の発生率がきわめて高い。雷というのは、いったん鳴り始めると、恐ろしい形相を露《あら》わにすることを誰もが知っている。それで、畏怖の念を込めて雷様と呼ぶようになったのかもしれない。

栃木県の石橋の近辺は干瓢《かんぴょう》の産地で有名である。夏に干瓢作りの仕事を集中して行う。天気予報で晴天と分かると、朝、三時頃に起きて、竹竿を使って庭一杯干瓢を干す。ところが男体山の方向に入道雲が現れ、天上まで湧き起こり出すと大変なことになる。雷が発生し、強風が吹き荒れ、稲妻と共に雷鳴が轟き、急激に雨が降り出す。その前に、庭に干してある干瓢を竹竿と一緒に乾燥室に取り込まなければならない。老若男女、家族総動員で一気にこの作業を行う。雨に濡れると干瓢の品質が落ちてしまう。小学生の春男も一生懸命手伝った。

干瓢作りの仕事が終わると、姉と一緒に、籠を背負い、田圃道に草刈りに出かける。自分の家の田圃に通じる道や川縁や畦道《あぜみち》に、草がぼうぼうと生えていることは、稲作に従事する農民にとって恥なのだ。父は、度々、田圃道の草刈りを姉や春男に頼むのだった。刈り取った草は積み重ねて肥料にする。

ある夏の暑い日の午後、春男は姉と一緒に草刈りに出かけた。籠に草が一杯になると、家に戻って草を積み上げる。この日は三回も往復した。

その三回目の時に、男体山の方向ににわかに入道雲が盛り上がり、強風と共に雨が激しく降り出し、稲光の後、一呼吸おいて雷鳴が轟いた。春男は草の入った籠を背負い、姉の後を追って家路を急いだ。納屋《なや》の屋根が見える所まできて、畑の角を曲がればすぐに家にたどり着く。頭上で稲妻が走ったと思った瞬間、ばりばりと大きな音を立てて、家の裏庭の榧《かや》の木に落雷した。榧の木は幹の上部から真っ二つに裂けた。春男は畑の角を曲がった時に、雨に濡れてつるつるした道の上で、右足を滑らせて横転した。その時に、春男の顔から血が吹き出した。右手に持っていた鎌でこめかみの辺りを七センチほど切ってしまったのだ。傷はあまり深くなかったがぽっかり口をあけていた。幸い事故は家のすぐ裏手で起こったので、祖母や父や母がいち早く駆けつけてくれた。

「これは、かまいたちだ、かまいたちだ！」と祖母は叫んで号泣した。父は早速タクシーを呼び春男を宇都宮の病院に運んだ。「十針縫って、治療したから心配するな」と春男に言った。一週間の入院後、治療のための通院が続いた。

春男はいつものように同じ部落の上級生、同級生、下級生と一緒に集団登校している。一歳年上のいとこが歩きながら、春男の顔を見て、「春ちゃんは可愛い顔をしてるね」といつも言ったものだ。春男は自分の顔が可愛いなどとは思ってもいなかったが、そう言われることが嬉しかった。しかし、傷のある顔を「可愛い」と言ってちやほやしてくれる人はもう誰もいなくなってしまったのだ。一瞬の出来事だった。子供心にも、やり切れない絶望感に襲われた。事故の後は自分の顔を鏡で見ないことにした。家でも、学校でも、鏡のある場所は避けて通るようにした。何をやっても楽しいことはなかった。ただ、農作業の手伝いの合間に、何かに憑《つ》かれたように一心不乱に勉強に励んだ。「可愛い顔の春男」ではなく、「勉強一番の春男」に変貌した。何かにつけて、自分の醜さに対する劣等感と自己嫌悪に苛まれ、どこに行っても誰かに横顔をじろじろ見られている気がする。春男はこの顔の傷と一生涯付き合っていくことになると思った。しかし、この傷がきっかけとなってある女性に巡り合うことになった。悩みぬいた後、彼女の提案で、アメリカで傷の修復手術を受ける決意をかためたのだった。

昭和十六年十二月八日未明、日本国は、空母機動部隊で、真珠湾を奇襲攻撃し、米太平洋艦隊に壊滅的打撃を与え、戦闘状態に入った。太平洋戦争の勃発《ぼっぱつ》である。

小学校はすでに国民学校と名称を変えていたが、春男は翌年、栃木県の旧制中学校に入学した。国民学校の六年生の時、担任の先生から、中学校受験の面接に際して、志望動機を聞かれた時のことを想定し、その答え方の特訓を受けた。実際に、志願の動機を尋ねられ「太平洋戦争の戦時下において、必勝の信念をもって勉学をする覚悟であります」と答えた。面接を担当した校長は、威厳をもって「その覚悟はよろしい」と頷いた。

春男の家は豪農ではなく、単なる小作農だった。長男はすでに出征していた。長男は高等教育を受けたかったが、経済的理由でその望みを断念したので、せめて三男の敏男と四男の春男に高等教育を受けさせたかった。それで、再三再四そのような要望の手紙を、出征先の大陸の戦地から父あてに送っていた。長男からの強い要請がなければ、春男は国民学校を卒業後すぐに、東京の商家へ丁稚《でっち》奉公に行かされることになっていただろう。その頃から父は農業のほかに木材の仕事にまで範囲を広げ、収入もぐっとよくなっていた。国民学校の担任の先生は、春男はクラスで上位の成績だから、合格は間違いないと言ってくれた。父は春男の中学進学に同意した。

春男は中学校の合格発表の日、急いで掲示板に張り出された合格者氏名を見に行った。胸がどきどき高鳴るのを覚えた。目を大きく開いて、自分の受験番号と氏名を探した。「あった！」嬉しさが込み上げて今にも泣きそうになった。何度も自分の受験番号と氏名を確認した。喜び勇んで家に帰った。祖父母、父母、姉、兄も「よかった、よかった」と言って大変喜んでくれた。翌日、新聞の地方欄には合格者の一覧表が掲載された。山村春男の名前があった。それ以来人生で一番嬉しかったのはいつか、と聞かれれば、春男は躊躇なく自分の名前が新聞に載った時のことだったと答えることにしている。

昭和十七年、春爛漫の四月、春男は念願の中学校に入学した。同じ村から他に三人の合格者がいた。国民学校とはだいぶ科目名が異なっていた。生物、国語、物象（現在の物理学・地学などの総称）、英語、体育などが好きだったが、修身が苦手だった。入学すると、配属将校による軍事教練も行われた。英語は敵性語として嫌われていたが、廃止されることはなかった。当時英語の時間がいつも待ち遠しかった。何と言っても、二十六文字のアルファベットを組み合わせて、いろいろな言葉を作り出し、それで人間の気持ちを表現できるということが魔法のようで、面白いし、日本語と比較して何とも不思議な魅力のある言葉だと思った。その上、リズムがあり、音声も美しかった。他の生徒がなぜ英語を嫌うのか不思議なくらいだ。「好きこそ物の上手なれ」という言葉の通り、春男の英語の成績はいつも上位だった。英語の授業で忘れられない思い出がある。教科書にお玉杓子《たまじゃくし》が成長して蛙になるという話が面白おかしく書かれていた。英語の中田有一先生のあだなは杓子《しゃくし》である。親愛の念を込めて生徒たちはそう呼んでいた。

中田先生は「鈴木君、この英文を読んで、和訳しなさい」と言った。春男は自分に指名されなくてよかったと胸を撫で下ろした。鈴木勇一は、英文をすらすらと教室に響き渡るような声で読み、その後で和訳をした。しかし、鈴木は仲間の期待に反して「お玉杓子」の箇所を飛ばしてしまったのだ。皆はがっかりして大きな溜め息をついた。先生が模範の和訳をすることになった。皆は胸をわくわくさせて、固唾《かたず》をのんで耳を傾けていた。先生は問題の単語をはっきりと「お玉蛙」と力強く訳した。皆はその途端してやられたと思った。もちろん、「お玉蛙」という表現は適切ではない。先生に一本取られたのだ。先生は役者が一枚上だったのだ。物事に動じぬ先生のユーモアにはひどく感心した。だからこそ我々生徒に慕われていたのかもしれない。

修身は重要な科目で、校長か教頭が担当していた。一年生の時は校長が担当した。校長は人品骨柄《じんぴんこつがら》のよい紳士だった。どういう訳か授業の内容はあまり明確には思い出せない。二年生になった時の安川克男教頭の授業は苦痛だった。常軌を逸《いっ》していたとしか言いようがない。その印象があまりにも強烈だったために、校長の授業の内容が春男の脳裏から払拭《ふっしょく》されてしまったのかもしれない。安川教頭に対しては中学時代に一番苦い、屈辱的な思い出がある。

安川教頭の授業の時には、初めに起立して、現人神《あらひとがみ》である天皇を崇め奉るために宮城遥拝をするのが常だった。授業では熱烈に八紘一宇の精神を説いた。

安川教頭は、「八紘一宇の精神とは何か説明したまえ」と、突然、級友の中川芳男に質問した。中川は緊張して、「天皇陛下は世界を一つに統治する現人神であります。この思想が八紘一宇……」と言って、その先は言葉に詰まってしまった。その上、天皇陛下という言葉を述べる時に、不動の姿勢をとらなかったではないか。安川教頭は体を震わさせて激怒し、

「君は、今、不動の姿勢をとらなかった。けしからん」

と口を尖らせて言った。

中川は東京から疎開してきた転校生だった。中川と同じように疎開組が数人いたが、安川教頭は彼らには特に厳しくよそ者扱いをした。春男は自分が指名されなくてよかったと密かに思った。しかし、その後、軍事教練の査閲の予行演習が行われた時に、ちょっとしたことが原因で、安川教頭から生涯忘れることができない屈辱的な体罰を受けることになった。

修身の授業の時には、たえず緊張していなければならない。授業の途中で「校庭に集合!」という命令が出されることが多かった。生徒は毎日、ズボンにゲートル(西洋風の脚絆《きゃはん》)を巻いて通学していたのだ。校庭集合の命令が出されると、クラスの全員が迅速に校庭に出た。「よーい、始め」の号令と共にゲートルを解き、また元通りに両脚に巻きつけるのだ。巻き終わった時には、ゲートルの端が、両脚上部の外側の中央に達するようにしなければならない。はやく巻き終わった順番に一列に並ぶ。春男は上手に巻くことができる

ように毎日練習した。安川教頭はいつ従軍出征してもすぐに役に立つように訓練をしておく必要があるのだという。修身の授業がだんだん心の負担になってきた。

昭和十八年、時あたかも太平洋戦争の真っ只中だった。戦局が悪化するにつれて、徴集・召集される兵隊の数が急に多くなってきた。

春男の家でも、米の供出率が多くなり、麦、粟、さつま芋、じゃが芋、カボチャなどを御飯にまぜて食べるようになった。軍事用品として麻が不足するようになり、中学校の全生徒に、麻の代わりになる茎の皮を取ってくるようにという命令が下された。生物の浅川次郎先生に「桑の樹皮やその他繊維の多い樹皮を剥《は》がしてこい」と言われた。夏休み中、春男は植物や昆虫の採集と一緒に、樹皮を剥がし取る作業に熱中した。両手でも抱えきれないほどの量の樹皮を集めて、リヤカーに積んで学校に運んだ。

夏休みが終わった。新学期の朝礼の日に、校長が「ただ今から表彰式を行う」と厳かに明瞭な口調で言った。

安川教頭が黒塗りの賞状入れの箱をテーブルの上に置いた。呼吸をはかって、彼は大講堂全体に響くような声で、「賞状を授与される者、二年一組山村春男」と言ってから「前へ」と指示した。

春男は、一瞬、両脚がぶるぶると震え、腰が抜けそうになった。予期しない、突然の出来事で、目の前が真っ白になった。春男は緊張した面持ちで、校長が立っているテーブルの前で、直立不動の姿勢をとった。校長はおもむろに賞状を両手に持って、

表　彰　状

二年一組　山　村　春　男

右者　全生徒中一番多量の樹皮を採取した　此の度の貴君の行為は現今の戦時下における必勝の精神の顕れである　依って　茲にその努力を称え表彰する

昭和十八年九月一日

中学校長　市　村　洋　一

と読み上げた。

朝礼が終わってから、春男は担任の先生から安川教頭にお礼に行きなさいと告げられた。一番苦手とする先生だ。春男は安川教頭の部屋の前で息を整え、「二年一組、山村春男、安川教頭先生に会いにまいりました」と告げた。教頭は「入ってよろしい」と威厳のある声で言った。中に入ると、安川教頭はじっと春男の顔を見詰めて、「君には感心した。あれほど大量の樹皮をよくも集めたものだ。実は我が校から海軍兵学校予科生に三名推薦すること

になっている。君を推薦することに決定した。今後も一層努力したまえ！　以上」

「有難うございます。山村春男帰ります」と言って部屋を出た。――当時の教師と生徒の間の交わす言葉は常にこのような感じだった。非常に名誉なことだったが、反面、春男は大変なことになったと思った。両親や姉や兄にはその事は当分の間報告しなかった。苦手な安川教頭に推薦されたからという理由も幾分かはあるが、軍人になることに気乗りがしなかったのだ。この推薦には不吉な予感がするのだった。


中学校では、陸軍と海軍の将校による軍事教練が義務づけられていた。夏には、中禅寺湖で、海軍将校の指導の下で、カッター（大型ボート）を漕ぐ練習をした。しかし、通常は、主に陸軍将校による軍事教練が行われた。査閲は、一年間の軍事教練の成果を査閲官が実地で調べる一大行事だった。そのために、査閲の前に予行演習が実施されたのだった。

予行演習の前に徹底した軍事教練が行われた。十月の初旬に春男の学年では総仕上げの訓練をした。樹皮の採取で表彰されて以来春男の名前を覚えていた配属将校は、「山村春男に模範を示してもらう」と言った。春男は、帯剣をし、三八式歩兵銃を持って、最初に、橋（川にかけた丸太を想定した木製の橋）を渡り、城壁（常設した木製の壁）を乗り越え、四十メートルほど匍匐《ほふく》前進をしてから、的に向かって銃を構える姿勢をとった。配属将校は「概《おおむ》ね良好！」と叫び、他の生徒に同じ動作をするように命じた。

いよいよ査閲の予行演習の日がやってきた。十月中旬のすがすがしい晴れた日だった。

一年生から五年生まで、約五百名の生徒全員が校庭に集合し、学年毎に四列縦隊に並んだ。春男は背丈が高いほうだったので、前から二番目の左端に並んだ。配属将校や先生たちに目立つ位置だった。それがよくなかった。

先生たちは一張羅《いっちょうら》の国民服を着用していた。日頃、身なりにかまわない生物の先生は、この日、新品の国民服を着用し、意気揚々と入場してきた。その後に安川教頭の姿が見えた。生物の先生が、普段とあまりにもかけ離れた服装をし、しかもぴかぴか光った革靴を穿いていたので、級友たちはおかしくてたまらず、声をひそめて笑い始めた。笑いは春男にも伝染した。思わず笑ってしまった。春男は安川教頭と目が合った。安川教頭はつかつかと近寄ってきて、「この国賊奴《め》が！　なんだその顔は！　君はやくざじゃあるまい」と怒鳴って、春男の襟首を捕まえて、引きずり出し、朝礼台の上に連れて行った。安川教頭は剣道の竹刀《しない》用の竹の笞《むち》を持っていた。

「今からこの国賊奴に思い知らせてやる。諸君、よく見ていろ」と大きな声で叫んで、春男の左右の肩を三十回ほど思い切り殴りに殴った。五百名の生徒の千の目はその光景を凝視し、息を殺して、事の成り行きを見守った。春男は頭がくらくらし、目が眩み、倒れそうになったが、じっと耐え忍んだ。安川教頭は殴り疲れて朝礼台からよろけて転がると、やがて立ち上がって、姿勢を正し、「君の海軍兵学校予科生の推薦は取り止める。元の位置に戻れ！」と命令調で叫んだ。

査閲の予行演習は二十分遅れで始まり、翌日の査閲は「優秀」という講評で終わった。

春男の両首と肩は赤く腫《は》れて、痛みが続き、その夜は熟睡できなかった。二年上の兄は事の一部始終を知っていたが、両親に何も言わなかった。家族の者は春男の様子を見て、何か異変があることには気が付いているようだった。

数日後、帰宅してから、春男はズボンに巻いたゲートルを外し、丁寧に机の側に背嚢《はいのう》を置き、台所に行ってさつま芋のおやつを食べた。

深い溜め息をついて、畳の上に寝そべり、茅葺《かやぶ》き家屋の天井を見詰めながら、「中学校に入学した時はみんなが喜んでくれて嬉しかった。だが、もう楽しいことは何もなくなってしまった。教頭から体罰を受けてから、みんな俺の顔の傷をじろじろ見ている」と慨嘆《がいたん》し、激しい屈辱感と孤立感に襲われた。

心を落ち着けようとして、起き上がろうとした時に、胸がむかつき、急いで部屋を出て、樫《かし》の木の下に駆け寄り、食べたものを全部吐き出してしまった。無我夢中で井戸端に行き、つるべ桶《おけ》の水を掬《すく》って飲み、家の周りをふらふら歩き回った。突然、教頭の仕打ちに対する悔しさが胸に込み上げてきて、味噌の入った桶《おけ》が置いてある小屋に入り、悲痛な呻《うめ》き声をあげて、その場に蹲《うずくま》っていた。

小屋の中にはほのかに味噌の香りが漂っていた。春男はいつも母が作ってくれた卵綴じの味噌汁の味をふと思い出した。

その時、突然、モンペを穿いた母が、味噌を入れる瓶《かめ》を持って小屋に入ってきた。

「春ちゃん、呻き声をあげて、こんなところで何をしているの？夕御飯の支度にお味噌を取りにきたところよ。あらー、やつれた顔をして。何だかここ三、四日、春ちゃんの様子がどうもおかしいと思ってたところなの。何か苦しいことでもあったの？話しておくれよ何でも」

「恥ずかしくて話せないよ」

「何か恥ずかしいことでもしたの？」

「そうだ」

「どんなことか言いなさい」

「敏男兄さんがよく知ってるよ」

「敏ちゃんが？」

「そうだよ」

「何だかよく分からないね」

母はじっと考え込んでから、敏男を呼びに行った。

敏男は母と一緒に息せき切って駆けつけた。

「敏ちゃん、春ちゃんの様子がおかしいわ。恥ずかしいと言って、何も喋らないのよ。お前は何か知ってるんでしょう?」

「知ってるよ。査閲の予行演習の時に、安川教頭から体罰を受けたんだ」

「体罰だって?」

「そうだよ」

「よく説明しなさい」

母は真剣な顔つきで言った。

敏男は事の一部始終を話した。

「そうだったの。可哀想に! 何で春ちゃんだけが犠牲にならなければならなかったの?」

母は不満そうに言った。

「うん、あの時、教頭が仲間七、八人を校庭に並ばせて、厳重に注意すれば事はすんだはずだ」

敏男は安川教頭の仕打ちを腹立たしく思って言った。

「そうだったの。春ちゃん、そんなことでへこたれたら、戦地にいる多加雄兄さんに申し訳がたたないでしょう。兄さんが国民学校だけではなく、その上の学校へやってくれと頼んだから、お前たち二人を中学校に入れてやったのに。そのことをよく考えないと罰《ばち》があたるよ。敏ちゃんから話を聞いてよく事情が分かった。……そういうことだったの。だから、春ちゃんは夜中に悪夢にうなされて、誰かに追いかけられているような悲鳴を上げていたんだね。敏ちゃん、お前は上級生なんだから、春ちゃんの悩みをよく聞いて、解決策を考えてあげなさいよ」

「分かったよ、母さん」

敏男はそう答えてから、元気のない春男に、「お前は全教職員と生徒の前で晒《さら》し者になったのだ。だから、今後、気のゆるみを反省し、どんなことがあろうとも、我慢に我慢を重ねて、毅然として行動し、黙々と真面目に勉強していくことが大切だ。それが最善の解決策だ」と言って、

「そう思うだろう？　母さん」と母に同意を求めた。

「その通りよ」

母は敏男の話に深く感動して言った。

「春男！　分かったか」

敏男は春男の着ている国民服の襟《えり》を両手で整え、念を押すように力強く言った。

春男は敏男兄の真摯《しんし》な姿勢に深く胸を打たれた。その時、春男には兄の表情がひときわ輝いて、頼もしく見えた。

春男は不安に駆られながらも、一日、一日を大事に粛々と過ごした。

十日たち、二十日たってから、周りの人たちの視線がいくぶんか和《やわ》らいできたように感

じられた。

昭和十九年、三年生の時に、春男は宇都宮郊外の軍需工場で勤労奉仕をした。全員、工場の寮に入れられた。三交替制だった。朝の八時から午後四時まで、午後四時から夜の十二時まで、夜の十二時から朝の八時まで。夜の十二時から働く時が一番つらかった。目を擦りながら起きて、寮の前で四列縦隊に並び、配属将校の指揮の下で大きな声を張り上げて軍歌を歌い、工場まで歩いた。配属将校は次々と入れ替わった。若い将校は戦地に出征した。この頃には、年配の将校が指揮を執るようになった。速成で旋盤の技術を身に付け、二十ミリの高射機関砲の弾丸を作った。二ヵ月が過ぎた。春男は旋盤の熟練工に成長した。その頃、モンペを穿き、鉢巻きをしめた女子勤労挺身隊員が一緒に働くようになった。主として彼女たちは高射機関砲の弾丸の荷造りをしていたが、人手が足りなくなり、ついに旋盤工として働くようになった。春男は彼女たちの指導員となった。「はい、はい、分かりました」と言って春男の指示にしたがう、若い女性の息吹に胸をわくわくさせた。挺身隊の中でも、「佐藤直子」という名札をつけた、小柄な目の大きなおかっぱ頭の班長は、春男の指示を受けて、はきはきと的確に仕事を進めた。旋盤の指導をする時など、お互いに手と手が触れ合うことがあった。そんな時、春男は胸のときめきを押さえることができなかった。深夜の作業が多く、つらい日々が続いたが、春男は佐藤直子の活気に満ちた姿を見ると、いっそう元気が出るのだった。就寝する前に、直子の姿が瞳の裏に浮かんでは消え、なかなか眠れない時もあった。しかし、そんな時でも考えが旋盤の仕事のほうに移ると、自分たちが作った高射機関砲の弾丸で死んでいく兵士がいるんだと思い、一瞬、胸がどきりとして恐ろしく思ったりもするのだった。

寮生活の中で春男の一番の楽しみは食事だった。毎回、食堂に出かけるのだが、どんぶりの中には白米がほんの少し入っているだけで、大部分は麦とさつま芋だった。味噌汁にはあまり野菜は入っていなかったが、いつも空腹な春男には何もかもとてもおいしかった。一ヵ月の間に、一回は自宅に帰ることが許可された。その時には腹一杯食べ、いろんな食べ物を抱えて寮に帰ってきた。同室の仲間とお互いに持ってきた食べ物を分けあった。春男は母が作ってくれた大豆の煮物を持って寮に戻ったことがあった。同室の者は「こんなうまいものは食べたことがない」と舌鼓《したつづみ》を打って皆喜んでくれた。

春男は物事に熱中する性分だった。挺身隊の指導が終わると、再び旋盤工として一心不乱に働いた。無駄話などをして仕事を怠けている仲間にはとても腹が立った。

春男は次第に軍国少年に成長していった。

昭和二十年八月六日、広島に原子爆弾が投下された。

広島に続いて、八月九日には長崎にも原子爆弾が投下された。春男はその頃すでに軍需工場から帰宅しており、空襲警報のサイレンが鳴るとすぐに防空壕に退避した。

ついに八月十五日正午、天皇は終戦の詔書をNHKから放送された。春男は自宅で兄と一緒に「玉音放送」を聞いたが、雑音が入っていて分かりにくかった。しかし、彼の頭には詔書の内容が焼き付けられていた。

この「玉音放送」で戦争が終わったのだという深い虚脱感に襲われ、春男は八畳の自分の部屋に呆然と立ち尽くしていた。

午後に、春男は友人の野原武夫を誘って学校の様子を見に行った。英語担当の中坊定夫先生が職員室から出てきた。渡り廊下の所で、春男は、「先生、玉音放送を聞きましたか」と尋ねた。

「聞いた。君たちは勤労動員で、東洋工業で一生懸命働いていたのになあ。残念無念!」と中坊先生は苦々しく言った。

そして、急に息を詰まらせて鳴咽した。春男はどう返答したらよいか分からなかった。

日本はポツダム宣言を受諾し、戦争を終結させたのだ。九月二日に降伏調印式が行われた。九月三日の新聞を広げた時に、「詔書渙発・降伏文書に調印」という記事が春男の目に留まった。その左側に「ミズリー号上の降伏調印式」という見出しで、重光葵《まもる》全権の調印の瞬間の写真が大きく掲載されていた。

春男は夢の世界の中にさまよっているような気持ちになった。しかし、すぐに我にかえり、もう一度眼前の新聞を見詰めた。確かに、戦争は終わったのだと実感した。

各新聞・雑誌の論調は、こぞって過去の戦争の失敗を顧みて、我々の謙虚な反省のもとに日本は出直すべきだ、というものだった。ある評論家は、自国の特徴を過大に評価し、これに心酔するあまり、他国を軽侮蔑視《けいぶべっし》するようなことがあってはならない、と言う。ある大臣は、若者は皇国護持の支柱となり、学問の道においては、刻苦勉励し、これからは真の実力を身に付けなければならない、と強調する。ある学者は、個人や国家間において、相互の人格や国家精神を尊重する態度を失ってはならない、と言っている。

春男は、評論家と学者の言葉は理解できたが、なおも皇国護持の精神を唱える大臣の言葉は、時代に逆行する考えだとその時強く思った。


十月に授業が再開された。

英語の中田先生の授業が一番楽しかった。中田先生は、英文の記事を教材に使って学生に興味のありそうな世界の最新情報のコラムを読むように心がけた。お玉杓子が蛙になるという初級の英語は終わり、上級の英語に進んだ。春男はいつも英語の授業がとても待ち遠しかった。

安川教頭は相変わらず修身を教えた。かつて熱弁を振るって説いた八紘一宇の精神については一言も口にしなくなった。授業の方針を変えて、最初から最後まで民主主義について述べた。

安川教頭は、「日本はこの度の敗戦を反省し、民主主義の国家を樹立する必要がある。民主主義を英語でデモクラシーと言う。民主主義とは主権在民の思想である」と一気に捲《まく》し立てた。各新聞はこぞって民主主義について論述していたので、春男はその思想を多少は理解していたが、八紘一宇と民主主義の精神が錯雑と絡みあい、頭の中がまったく混乱し、かつてない眩暈に襲われた。

教室には予科練帰りの生徒が数人出席していた。彼らは予科練の服を着て、これみよがしに襟に白いマフラーを巻いていた。彼らの一人が八紘一宇の授業を続けて下さいと言った。その後、全生徒が透《す》かさず、次々と「八紘一宇！　八紘一宇！……」と叫んだ。その叫び声には、本気、無念、抵抗、怒り、絶望、挫折感、脱力感、虚脱感、諦めの気持ちなど、さまざまな思いが込められていたと春男は感じた。

安川教頭は生徒たちの叫び声に耳を貸さずに、なおも「アメリカの民主主義の原点は独立宣言にある」と言い、おずおずと教室全体を見回してから、「我が国でも、この独立宣言で述べられているように、すべての人間は平等であるという理念に立脚して、これからは民主主義を確立していかなければならない」と咳込みながら説明した。その時、急に教室の中がざわめき始めた。

「その理念は先生が唱えた八紘一宇の精神とどのように結びつくのですか」

級長の高橋正夫が冷静に尋ねた。安川教頭は、その質問には答えずに、「諸君、静かに聞きなさい」といつもになく低姿勢で「この度の戦争で、日本の専制政治の誤りが連合軍によって正されたのだ。日本の敗戦は当然の帰結と言えるのである」と説いた。

第二回目の修身の授業では、安川教頭は、「これからの日本は、右に偏らず、左に偏らず、中道の政治を行うことが肝要である。つまり、中庸の精神を尊重しなければならない」と力説し、黒板に「中道は中庸に通じる」という文字を大きく書いた。

春男は安川教頭の授業がどうしても腑におちなかった。——授業で説く民主主義の理論は整然としており、説得力がある。しかし、その内容を十分に理解しているとは考えられない。終戦後、教育機関が統一見解としてまとめた民主主義に関する指導要領の解説を棒読みしているに違いない。要領のよい安川教頭と言えども、長い期間にわたって自分の心に培ってきた八紘一宇の精神を、一夜にして変えてしまうことは不可能だろう。

授業終了後、椅子に座りながら、春男はそのようなことに思いを巡らしていた。その時に、竹村英治がつかつかとやって来て、

「おい、春男！　話があるから校庭に来てくれ」と春男の肩を軽く叩いた。

竹村は腕っ節が強くいつも喧嘩腰なところがある。春男はたじろいだ。校庭に行ってみると、竹村の仲間が四人集まっていた。

「春男、お前は安川教頭をどう思っているんだ」

竹村は、春男に向かって、やみくもに尋ねた。

「どう思っているって？　そうだな、変節者だと思うよ」と春男は自分の気持ちを引き締めて答えた。

「そうだろう。いやに低姿勢で、綺麗事をくどくど述べている。そのくせ、級長の質問には答えないで、一方的に喋りまくる。慇懃無礼だ。俺は気に入らん。俺たちは安川教頭にさんざんひどい仕打ちを受けている。しかし、何と言っても、一番ひどい仕打ちを受けたのは春男だろう。査閲の予行演習の時に、全校生徒五百人の前で晒し者になった。あの時はおかしくて、君だけではなく皆が笑っていたのだぞ。俺も笑ってたんだ。そうだ、君は犠牲者なんだ。とにかくすごい光景だったな。十回、二十回、そんなものではない。百回近く竹の笞で叩かれたんだからな。ぶったおれて死んでしまうんじゃないかと思ったよ。チャンス到来だ！　懲《こ》らしめてやろう。春男！　分かったな」と竹村は続けざまに話した。

「一体どうしようというんだ」と春男は尋ねた。

「決まっているではないか。あいつに焼きを入れてやるんだよ」

「焼きを入れるって。どうやって？」

「往復びんたを食らわせ、土下座させて謝らせるんだ。それだって君への竹の苔から比べたら軽いもんだぞ」

「暴力はよくない。相手は教頭先生だ」

「何だと？　安川なんて先生の価値がない。すべての人間は平等である、と今日の授業で言っていたではないか。俺たちと同じ人間だ。今さらかばうなんておかしいぞ。教頭だってそんなこと気にする必要はない。今がチャンスだ。上級生も授業中に教頭とひと悶着あったそうだ。春男！　悔しくないのか。お前は一体どう思っているのか」

「暴力はやめて、謝罪させるだけならいいと思うが」

春男は平静を保ちながら言った。

「春男がそう言うなら、それでいいじゃないか。なあ、竹村」

相川洋一は竹村の顔色を窺いながら口を挟んだ。このグループでは竹村がボスで、相川は二番手だった。相川は安川教頭を教室の外に連れ出す手筈について話した。

「教頭が授業を終えて教室を出る時に、我々が取り囲んで外に連れ出せばいい」

「それでは周りの者に感づかれる。別の方法がいい」

透かさず竹村が切り返した。

「授業が終わった後で、春男に呼び出してもらおう。春男なら教頭も俺たちよりも信用するだろう」と相川は言った。

竹村はしばらく考えてから、

「待てよ、待てよ」

と呟き、ほんのわずかな沈黙があってから、右足で校庭の砂を力一杯蹴飛ばして、

「よし、分かった。相川の言う通りにしよう」と言った。

安川教頭の授業は月曜日の二時限目だった。その前日の日曜日、春男は野良仕事の手伝いをした。唐鍬《とうぐわ》で土を掘り起こす作業だったが、初めに畑を間違えてしまった。父は、「今日は落ち着きがないぞ」と注意した。春男のそわそわした様子を感じ取っているようだったのだ。

春男は水団《すいとん》を腹一杯食べて就寝した。安川教頭の激怒した顔が脳裏に浮かんでなかなか寝つかれなかった。

——安川教頭を連れ出すことは難しいのではないか。竹の笞で春男を叩いたことを覚えているだろうに。何か下心があるのではないかと怪しまれるに違いない。竹村が「待てよ、待てよ」と考えていた時に、春男と同じことを考えていたのかもしれない。そのことを竹村に言えばよかった。しかし、約束は約束だ。今さら変更はできない。……今でも査閲の予行演習の時の苦い思い出に胸が締めつけられるようだ。あの時は、竹村が言っていたように、生物の先生の変身振りがおかしくて、春男だけではなく、七、八人の生徒が笑ってしまったのだ。そうだ、不運にも安川教頭と春男の目が合ってしまった。いや、そうとも

言い切れない。日頃、安川教頭は、顔に傷痕がある春男を不愉快に思っていたのに違いない。だから春男を懲らしめることに快感を覚えていたのではないか。そうでなければ、「なんだその顔は！　君はやくざじゃあるまい」と言って、あんなに、これでもか、これでもか、と夢中になって叩き続けるはずがない。一種の虐待的行為としか思えない。すべてが、雷に襲われたあの魔の瞬間に起因する。一度起こったことは元に戻らない。宿命だ。……それにしても、安川教頭に謝罪させるだけで事が済むのだろうか。竹村と相川の二人は春男の気持ちを察して、口裏を合わせていたのかもしれない。実際は暴力を振るうのではないか。雷の事故以来、春男は人に怪我をさせることを極端に嫌うようになった。春男は入学当初、正課となっている柔道と剣道のうち何れかを選ばなければならなかった。剣道を選んだ。しかし、同級生が初段、二段と腕を上げているのに、一級の資格を取得するのが春男には精一杯だった。相手の隙を見抜いた時でも、一瞬、躊躇してしまうからなのだ。

春男の思いは止めどもなく続いた。秋の夜の冷気に、身を清めてもっと落ち着いてから、床に着こうと思って庭に出た。

――庭の前方の地蔵尊を祀ったお堂の屋根が、月光の薄明の中にくっきりと浮かんで見えた。春男は夜空を見詰めた。西の空から広がってきた暗褐色の雲が、やがて煌々と輝く月を呑み込み、辺りは次第に漆黒の闇に包まれていった。石塀の脇に蹲《うずくま》って考え込んだ。春男の心は暗く淀んでいた。右手で小石を掴み、「えい！」と庭の池の中に放り投げた。ざぶり、暗闇の中に白い飛沫が上がった。「よし、約束は約束だ。教頭に明日物象の実験室まで来てもらうことにしょう」

春男は心の中でそう決めると、静かに家に入り、床に就いた。

春男は朝早く目を覚ました。卓袱台《ちゃぶだい》の上に、母が納豆と卵綴じの味噌汁と新香を並べてくれた。母が茶碗に御飯をよそってくれたが、半分も食べられなかった。納豆も残してしまった。その春男の様子を見ていた父は、「春男、今日は様子が少しおかしいぞ。もっと食べないと駄目だぞ。納豆も残したりして」と叱った。春男は納豆だけは無理して食べた。

春男はいつものように茶色の国民服を着た。ズボンにゲートルは巻かなくてよいことになった。寝不足の目を擦りながら、背嚢《はいのう》を背負って、「約束は約束だ」と自分に言い聞かせて重い足取りで出かけた。

いよいよ二時限目は安川教頭の授業だ。どんな様子で教室に入ってくるのだろうか、と春男は興奮した気持ちを抑えながら待ちかまえていた。戸が滑るように開いた。中に入ってきたのは、国語の伊藤修二先生だった。先生は教壇に立ち、落ち着いた口調で、「本日、安川教頭は事情があって欠勤することになった。私が授業を受け持ちます。今日は教科書なしで授業を行います」と言った。月曜日は国語の授業がないので、生徒たちは教科書を持参していなかった。万葉集の授業だったが、緊張の糸が切れてしまった春男には、授業の内容が頭に少しも入らなかった。安川教頭はどんな事情があったのだろうか。竹村の計画が事前に漏れてしまったのだろうか、といろいろと思考を巡らした。伊藤先生はたんたんと授業を進め、竹村のグループを警戒している様子は少しも感じられなかった。国語の授業の後で竹村は小さい声で「逃げられたぞ」と春男にそっと呟いた。その後、安川教頭は姿を現さなかった。野田精一校長も同じ日に学校から姿を消したということが分かった。野田校長は安川教頭以上の極端な軍国主義者だった。校長は上級生の攻撃の的になっていたのだ。

その後、春男は、竹村のグループと一緒に、執拗に安川教頭を探したが、杳《よう》として彼の行方は分からなかった。数年後、安川教頭は、あの終戦の年の暮れに三重県の伊勢神宮の近くの山林で自殺したという情報を耳にした。

二

春男の父、山村徳夫は農業を主としていたが、副業として山師をしていた。山師というと詐欺師を連想するが、父は立木の売買をする人、つまり、正真正銘の山師だった。父は干瓢を作るための夕顔の栽培変種瓢《ふくべ》の苗作りの名人と言われていたが、一方、山師の徳夫として林業界でその頃名を馳せていた。山の立木を一目見て、木材の体積が何石《こく》あるか、ということを判定するのは難しく、かなりの経験が必要だ。春男の父はいつも正確に山林の体積を言い当てたという。農業のほうは主に、春、夏、秋の季節に行われるが、山師の仕事は冬が主だった。落葉樹が多い山林の場合には、葉が落ちた冬のほうが木材の体積が判定しやすい。山林の種類を見て、立木を燃料用の薪《まき》にするか、建築用の材木にするかをすぐに判定する。父は薪を木炭にすることをむしろ好んだ。家の前の山林に炭焼き窯を作って、薪を木炭にする仕事に一時精を出した。また木材用の山林を手に入れた時には住宅用の建築を手がけたりしていた。炭焼きは手間がかかったが、薪の売買より利益が多かった。つまり、手堅い仕事だったのだ。春男は、山林の空地に穴を掘り、その中に薪を入れ、その上に粘土を覆い被せて、炭焼き窯を作る仕事をいつも手伝った。薪が炭になったかどうかは慣れてくると煙突の煙の色で分かる。薄紫色は首尾よく焼けて、炭になったことを告げる。窯から炭を出す時には何とも言えぬ喜びが胸に溢れてくるのだった。

父は銀行から多額の資金を借り、二つのかなり大きな山の立木を購入した。一つは薪、他方は木材にしようと考えたからだ。安全策を取ったのだ。終戦後、物価は高騰した。住宅難の時代で木材の需要が高まった。父が木材用に購入した山の立木は約三倍の値段で売れた。

暮れも押し詰まった頃、母が兄と春男を奥座敷に呼んだ。モンペ姿の母は、「とにかく、お前たちは、ここに座れ」と言って、何度も髪の毛を撫で上げて、落ち着かない様子だったが、満面に笑みをたたえていた。ふと、母は押し入れの襖を開けて、重そうな風呂敷包みを取り出した。その中から両手で札束を掴み、兄と春男の眼前に差し出した。

「これは、父さんが山で稼いだ金なんだよ。このお金でお前たちを大学に行かせてやれるよ。父さんに感謝しなさい」と一気に話した。兄と春男は声を揃えて、「母さん、有難う」と大声で言った。

兄は旧制中学を卒業してから、二年間、小学校の代用教員をしていた。二人で大学に合格すれば兄弟で同級生になる。春男は英語と数学と物象が得意科目だったので、理科系を希望していた。しかし、色覚検査で色弱であることが分かり、物象の先生に理科系は無理だと言われた。

昭和二十二年四月、春男は東京の長い歴史と伝統のある私立大学の文科予科に入学し、世田谷区にある大学の学生寮に入った。驚いたことには、陸軍士官学校や海軍兵学校等の出身者が少なからず入学していたことだった。彼らは、年齢も春男より二、三歳上だった。なかには結婚している学生もいた。服装は旧制高校と同様に、学生服に二本の白線の学帽、黒マントと高足駄《たかあしだ》。紺絣《こんがすり》の着物に袴を穿いた姿で、自己を顕示する威勢のいい学生も多くいた。

食糧難時代で、学生たちは寮の食事だけでは十分ではなく、実家から米を送ってもらって、度々、寮の裏庭で飯盒《はんごう》で御飯を炊《た》いたものだ。物のない時代だった。しかし、一番嬉しいことは、勤労動員から解放されて、自由に学問ができることだった。

講義は、英語、ドイツ語、哲学、心理学、人類学、社会学、経済学、倫理学、法学などで、英語のほかは今まで学んだこともない科目ばかりだった。春男は、書店の前に早朝から並んで、出隆の『哲学以前』、西田幾太郎の『善の研究』、カントの翻訳書『純粋理性批判』や学生向きに書かれた河合栄治郎の一連の著書を貪るように読んだ。

春男はドイツ語の授業が忘れられない。天気の日には、ドイツ語担当の教授と学生が一緒に教室の外に出て、シューベルトやヴェルナーの曲で「野ばら」の詩歌をドイツ語で吟唱した。シューベルトの「菩提樹」も学生の愛唱歌だった。

春男にとって、この一年間は実に思索の年であり、まさに青春を謳歌し、満喫した時期だった。しかし、昭和二十三年、大学予科の二年生になった時に、急進的な思想が台頭し、世の中は慌ただしくなってきた。春男はそのような時代の流れの中に入り込んで、学生が中心になって組織している「社会科学研究班」のメンバーになった。その頃、彼は何か熱中できる活動を望んでいたからなのだ。

ある日、学生寮の近くの駅から電車に乗り込んだ時、小学生がわいわい大声ではしゃいでいた。そのうちの一人が、春男の顔を見て、「あの人、ここに傷がある」と言って、自分のこめかみのところに指を差した。「子供は正直なんだな」と一瞬思いながらも、自分の忘れていたことを指摘されて、ひどく自己嫌悪に襲われ、劣等感に苛まれた。嫌なことは一刻も早く忘れて、何かに集中したかった。

春男は学生が自主的に作った「社会科学研究班」に入り、唯心論や唯物論について学んだ。先輩からの指導を受け、かなりの速度で唯物論に関する著作を読み、次第に左翼思想に傾倒していった。

父は山師としての本領を発揮し、山の立木を売買して、大金を手に入れたが、それも一時的な成金に過ぎなかった。その後は、相変わらず農業で生計を立てていた。零細農家に育った春男は、自然に左翼運動に惹き付けられていった。「社会科学研究班」のグループは、地域の若者たちと「若人会」という組織を作って、週に二回ほど研究会を開催した。

梅雨が明けて、本格的な夏を迎えた。夕方、有志が高井会館に集まった。二回目の研究会の時には、春男の同級生が二人と上級生が五人参加した。地域の住民としては、青年会から四人、坂井市民病院の若い医師と看護婦三人が参加した。小柄な透き通った目をした、丸顔の看護婦には見覚えがあった。戦争中、東洋工業で勤労奉仕をしていた時に、春男が指導したあの女子勤労挺身隊員の佐藤直子だった。

「あっ、あなたはあの時の……」

春男と直子は同時に驚きの声を上げた。最初、直子は弊衣破帽の身なりや長髪の痩せこけた春男の風貌に衝撃を受けたようだったが、やがて彼の隣の席に座り、打ち解けて話すようになった。

直子は「唯心論とか唯物論とかいう話はよく分かりませんから、もっと生活に結びついた話をして下さい」と発言し、挺身隊員として働いていた時と同様に活発な女性だった。

直子はラグラン袖の白のブラウスに、紺のタイトスカートを穿いていた。ゆるいウェーブのパーマネントの髪形がよく似合う若々しい溌剌とした女性だった。春男は東洋工業で勤労奉仕をしていた時に、直子と別れの挨拶もせずに実家に帰ってしまった。直子がどうして看護婦になったのか、どうして東京の病院に勤めるようになったのかなどを是非聞いてみたかった。

二人は、朝早く、最寄りの駅から京王線に乗って新宿に出た。午前中に映画を見て、午後にはどこか公園を散策するつもりだった。直子は白い半袖のブラウスに、焦げ茶色のフレアースカートを穿き、紺色の布地の手提げを持っていた。物資のない時節なのに服装には気を配っているようだった。周りの人々は、直子と弊衣破帽の春男の組み合わせを不釣り合いなカップルと思ったかもしれない。彼女を一学生の姉のように感じたのだろうか。

二人が見た映画は、黒澤明監督の『酔いどれ天使』だった。映画が終わりに近づいた頃、春男はそっと右手を直子の左手に重ねた。直子は強く握り締めて応えた。春男は胸が高鳴り、眼前のスクリーンが、一瞬、真っ白になったように感じた。二人は映画館を出た。

「迫力がある映画でしたね」と直子はすぐに言った。

「そう思う。とにかく、息が詰まるような映画だったよ」

春男は自分の感想を述べた。

「春男さん、お願いがあるんですが、言ってもいいかしら」

直子は話題を変えて言った。

「はっ、はい、どうぞ」

何か重大なことを言い出すのではないかと思って、春男は少し戸惑った。

「私は東京に来たら是非行きたいと思っていた庭園がありますのよ。一緒に行って下さる？」

「その庭園はどこなの？　一緒に行こうよ」

「駒込の近くの庭園です」

春男は映画の後どこに行こうかと迷っていたところなので、直子の提案はとても嬉しかった。彼女はいつもはっきりと自分の意見を言う。それだけに、時々、彼女の質問にはすぐに答えられず戸惑うことが多かった。

「初めて行く庭園だ。直子さん、案内してくれよ。頼むよな」

春男は心を込めて言った。

十二時を少し回っていた。昼食の時間だった。二人は食券を持っていないので、食堂では食事ができなかった。映画館の近くに饅頭《まんじゅう》を売っている店があった。おいしそうに店頭の蒸籠《せいろ》の上に湯気が立ち昇っている。食券がなくても買うことができる店だ。一人につき二個が限度だった。二人は並んで買った。他の店でもう二個買った。

直子に案内されて春男はその庭園を訪れた。公園のように大きな庭園だった。そこには大きな池があった。二人は池の周囲を巡る園路を一回りしてから、昼の食事をしようということになった。三十分ほど回って歩き、光沢のある厚い長楕円形の葉で覆われた大きな黐《もち》の木の所まで戻って来た。夏の強い陽射しを避けて、その木の前のベンチに座った。遙か前方には先ほど渡ってきた橋がはっきりと見える。

「久しぶりに心が癒やされた気分だ。直子さんはどうしてこの庭園が見たかったの?」

春男は率直に尋ねてみた。

「そうね、私がこの庭園にあなたを案内した理由をまだ言っていませんね。実は私の父が庭師だったのです。挺身隊に入る一年前に亡くなったのですが、まだ元気な頃に、父は一生涯のうち一度でいいからこのような庭園を造ってみたいとよく言っていました。その言葉が頭に残っていたものですから、今日がよい機会だと思ったのです。よく見ると、人工と自然がうまく調和した美しい庭園ですね。私、今日来てよかったと思うわ」と自分で納得するように直子は言った。

「同感だね。後でもう一度回ろうよ。その前に昼食にしよう」と春男は空き腹をかかえて言った。

「そうね、私もお腹すいちゃった」と直子はすぐに同意した。

春男は直子と肩を触れ合わせて座っている間、遠い思い出に繋がる仄かな匂いに気がついていた。それは、早朝、一緒に電車に乗った時にも感じた匂いだった。ふと、彼の脳裏に田舎の光景が浮かんできた。母が病院から退院した日だった。三、四歳の頃、「かあちゃんがいない、いない」と言って母を待ち焦がれていたのだった。母が病院から帰って来た時に、春男は「かあちゃん、かえってきた！」と言って母に抱き着いた。そうだ、その時のとても懐かしい匂いだ、と思ったのだ。直子は今は看護婦だ。あの時の母の匂いと同じだったのだ。

「春男さん、なに考えているの？　早く食べなさいよ」

直子はそう言って、まず手提げから饅頭を四個取り出し、その後で、膝の上に楕円形のアルミの弁当箱を広げた。中には海苔巻きが入っていた。春男は驚いた。今どき、手作りの白米の寿司を持ってくるなんてことは容易な事ではなかった。

「海苔巻きだ。中に干瓢が入ってる。田麩《でんぶ》も入っている。おふくろの味だ。よく材料が手に入ったね」

春男は感心して海苔巻きに舌鼓を打った。

「お米と干瓢は母が送ってくれたのです」

直子は嬉しそうな表情を浮かべて言った。

「実はね、直子さん。干瓢はぼくの田舎の特産物なんだよ。ひょっとしたら、この干瓢はぼくの家で作ったのかもしれないよ。ぼくは小学生の頃から干瓢作りの手伝いをした。夏休みに、大学に入ってからも手伝っている」

「春男さんの田舎は宇都宮の近くですか」

春男は石橋町の近くの明治村の鞘《さや》堂だと答えてから、直子の実家のことを尋ねた。彼女は、

「小山の近くの町です」

と言った。小山と彼の実家とはさほど遠くはなかった。

「直子さん、先ほどぼくの実家は夏に干瓢を作ったりする農家だと言ったが、父は一方では山師をやっているんだ」と春男は言った。

直子は、一瞬、怪訝そうな顔をした。返答に窮したのだ。

「山師と言ったって、あのぺてん師のことではないよ。山の立木がなん石《こく》あるかを吟味して、山林を買う仕事だよ。実は、ぼくが大学に入れたのも、父が山師として、文字通り、

一山当てて儲けてくれたからだよ。そんな訳で、確かに山師には投機的なイメージはあるけどね」

春男は素早く直子の胸中を察して言った。

「よく分かります。庭師と山師とはよく似た言葉ですね」

春男の説明を聞いて、直子は納得した表情で言った。

「そうだが、山師より庭師のほうが、なんとなく響きがいいよ。造園家とも言うし、芸術的な仕事をするしね」

「そんなふうに言ったら駄目よ。山師も庭師も師には違いないと思うわ。山師は山の立木を査定する専門家で、庭師は造園の専門家ですもの」

そう言った時に、直子はなんと思いやりのある、利発な女性であることか、と春男は思った。そして、映画館で膝の上に載せた彼女の手に、そっと自分の手を添えた時の甘美な感触を再び思い出していた。二人は海苔巻きを食べ終わった。彼女は水筒の蓋《ふた》にお茶を注いで差し出した。

「やあ、有難う。今日は大御馳走だ。盆と正月が一緒にやってきたみたいだよ。あっ、ところで忘れていた。牛肉の缶詰を持ってきた。上野の闇市で手に入れたんだ。進駐軍の放出物資なんだよ」

春男はそう言って、その缶詰の蓋をすぐに開けた。二人は饅頭を頬張り、牛肉を突っついた。この日は、マルクスやエンゲルスや弁証法的唯物論の議論はしなかった。直子は哲学論議が苦手だったからだ。直子は次の予定のことを楽しそうに話した。

「この次のピクニックには稲荷鮨《いなりずし》を作ってきます。春男さんは牛肉の缶詰を持ってきてね」

とにっこり笑った。

「分かった」

そう言って、ふと、油揚げを入れて作る郷土料理の「しもつかれ」のことを思い出した。そのことを直子に尋ねてみた。

「しもつかれのことね。知ってるわ。毎年、母が作る自慢の料理です。私も手伝ったことがあります。まず、大根と人参を粗くおろし、その中に炒った大豆と油揚げと鮭の頭と、それから何でしたかしら、そうそう、酒粕を入れ、甘辛く煮込むんですよね。母は近所のしもつかれを食べ歩き、味を比べて、やっぱり自分の家のものが一番うまいといつも自慢してましたのよ」

「ぼくの家では節分の時に作るよ。豆撒きの時に使った炒り豆を入れて作ると縁起がいいそうだ。それを食べると長生きするという。そんなことは迷信だろうが、しかし、栄養食であることは間違いない。とにかくうまい」

春男はしもつかれは節分の頃に作ることを思い出してそう話した。

「今日は食べ物の話で持ち切りでしたね。敗戦後の私たちは食べ物に飢えているということなんですよ」

直子は微笑みながら言った。春男は庭園をもう一回りして帰ろうと思い、ベンチを立った。

「あの、ちょっと言いにくいことですが、よろしいですか」

ちょうどその時に、直子は急に尋ねた。

春男は、不意打ちにあったように、どきりとした。直子はいつも単刀直入に物を言う。春男が返事をしないうちに彼女は話を続けた。

「挺身隊で働いていた時から感じていたのですが、春男さんは情熱家で、熱血漢だと思っています。でも、時々、何かに脅えている素振りを見せるんですよね。どうしてかしらと不思議に思っていました。今日、分かったような気がしました。私は患者さんに、いいえ、失礼しました、春男さんに、提案したいことがあります。看護婦の立場から申し上げますと、春男さんは、顔の傷痕のことを大変気にされています。他人からいつも見られているのではないかと脅えているのです。このような嫌なことを言って御免なさいね」

「私は外科医の先生から聞いたことを申し上げます。イギリスのハロルド・ギリースという外科医は、第一次世界大戦中に負傷した兵士の傷を治療することに力を尽くしたと言われています。戦地での傷の治療ですから、戦陣外科と言うのだそうです。イギリスに留学し、ギリース博士の指導を受けたアメリカの医学生が少なからずいました。一九四六年にアメリカで発行された『形成外科雑誌』に皮膚の移植の役割について書かれた学術論文があるそうです。戦後、日本の医療は改善されてきましたから、春男さんの傷痕も修復できるようになると思います。ギリース博士の指導を受けた若い医師たちがアメリカにいますから、近い将来、アメリカで手術をする機会があるかもしれません。でも、それは将来の話です。春男さん、傷のことなど気にしないで、自信をもって、勉学に、それに社会の改革のために頑張って下さいね。もう一つの提案があります。春男さんに弓道を勧めます。私のいとこは弓道に励んでいました。弓道は人間の天性や品格を磨くことをモットーにしているのです。春男さんに最適だと思うわ。私、ちょっと言い過ぎてしまいましたわ。私の考えが間違っていたら御免なさいね」

話が終わった時に、直子は彼にちょこんと頭を下げた。

直子の歯切れのいい言葉を聞いて、春男は自分の心の奥底の黒い苦悩の襞《ひだ》が鋭利な刃物で切り取られたような痛みを感じた。しかし、束の間、麻酔にかけられたように、全身が心地よく痺れてくるのだった。

春男は「日本の男児たる者、顔の傷痕の一つや二つなど何とも思わぬ」と男の矜持を示したかったが、絶えず、他人の視線に脅えてしまうのだった。直子の言葉に励まされてますます強く生きる勇気が湧いてきた。

春男と直子は池の橋を渡って、二つの築山を眺めた。

「こちらが春男さんの山、あちらが私の山だわ」

直子は大きな声で言った。二人は手を繋ぎ合って、綱引きのような格好でお互いに自分の山のほうへ引っぱろうとした。春男が力を入れると、彼女は前のほうへ転がり込んできた。春男は夢中で抱擁した。

「春男さん！」

直子は喘ぎながら言った。荒い息遣いは徐々に静かになっていった。春男は両腕の中で彼女の豊満な肉体のふくよかさを十分に感じ取っていた。胸の底から彼女へのいとおしさが湧き起こるのを押さえきれなかった。

二人は手を繋いで次の橋まで歩いた。この橋は厚みのある大岩だった。橋を渡り切った所に、黒松が数多く並んでいる。橋の背後には大きな泰山木が聳えており、ハスに似た花が咲いていた。しかし、もう盛りが過ぎたのだろうか、辺りには萎《しな》びた白い花びらが落ちていた。

「和風庭園の三木《さんもく》とは何だか知っていますか」

突然、直子は尋ねた。

「教えてくれよ。ちょっと興味があるんだ」

「木斛《もっこく》、黐《もち》の木、木犀《もくせい》です。父が教えてくれたんです」

「分かるような気がする。皆、落ち着いていて、味のある木だ」

「もうこのような庭園は個人では持てないですね」

そう言って彼女は築山のほうを見渡した。

「これは民衆の犠牲によって造られた庭園だ。これからは、民衆が立ち上がる時代なのだね」

春男は高ぶった気持ちを抑えながら力強く言い切った。

「私もそう思います」

直子は同意した。意気投合した二人は、思わず手を繋ぎ、仲よく帰路に着いた。

春男は、直子は救いの女神だと思った。彼女に巡り合ったことはまさに幸運としか言いようがない。顔の傷痕を異性がどう思うだろうかといつも気にしていたのだが、直子は、顔の傷痕などにこだわらないで強く生きなさいと、母親のように励ましてくれたのだった。有り難いと思った。しかし、一度心に受けた傷痕は、折に触れ、その後の春男の人生に暗い影を時々投げかけることになったのである。


昭和二十三年九月、夏休みが終わって、春男は学生寮に戻った。ほとんど毎日、社会科学研究班の学習に参加した。社会科学研究班の活動は、授業料値上げ反対、官私学の共同戦線の確立、学生運動禁止反対等のスローガンの下にいっそう活発になり、全国的な規模の学生運動へと広がっていった。

大学当局は、教育基本法の立法精神にしたがって、学内に政党、又はこれに類する団体の支部的組織を持つこと、及び学内において一党一派に偏した政治活動をすることを禁止する、という主旨の告示を掲示した。

この告示は翌年の一月中旬の朝、大学の掲示板に張り出されていた。登校してきた学生たちは、掲示板の前にたむろしていた。校舎の前の芝生に腰を下ろし、盛んに議論している学生もまた見受けられた。

直ちに、全学学生会は会議を開いて告示撤回を決議し、大学当局に抗議文を送った。社会科学研究班が全学学生会の指導権を握っていた。大学当局は、全学生・教職員に対して、告示の説明会を大講堂で行った。

大学の予科長は、告示の内容と同様に、学生及び教職員は一党一派に偏することなく、中道の精神をもって行動しなければならないと説いた。

予科長の中道の精神という言葉を聞いて、春男は中学時代の安川教頭の授業を思い出した。敗戦を境にして、安川教頭は日本の行く道を八紘一宇の精神から中道の精神へと変えてしまったのだ。安川教頭は「中道は中庸に通ずる」と黒板に白いチョークで大きく書いた。その文字が、春男の脳裏に深く焼き付いていた。予科長も学問研究の自由と秩序について説いたが、それは通り一遍の説明だった。学生が問題にしている授業料値上げや文教予算については全く触れなかった。全学学生会は、予科長の説明は学生の要望する諸問題には答えておらず、きわめて抽象的なものだった、と批判する声明を出した。結局、全学学生会は全国学生連盟と連絡を取り合って、全体会議を開き、学年末試験のボイコットを決議した。ちょうどその頃、大学民主連合会が結成された。全学学生会に対抗する団体だ。

この年は旧制から新制の大学に変わる時期だった。予科文科・理科の学生は、学年末試験に合格しなければ、自分の進む文系・理系の各学部に移行できなかった。全学学生会は授業料値上げ反対や文教予算の増額を訴えて、大学街の目抜き通りで街頭宣伝デモを行った。全国学生連盟代表、地域の政治団体の代表などが応援に駆けつけた。試験当日は正門前に試験ボイコット支持の学生がスクラムを組んで、一般学生が受験に行くのを阻止した。春男もスクラムの中に加わっていた。

一方、大学民主連合会のグループは、過激な一部の者の扇動に惑わされないで、学生の本分を守り、受験を受けなさい、と説得していた。直ちに事態を収拾することが難しいと判断した大学当局は二週間試験を延期した。その間、試験ボイコットは学生の本分に悖《もと》る行為であるという理由で、大学当局は二十名の退学処分者を掲示板に発表した。第二次処分者が出れば、次は自分の名前も掲示板に張り出されるのではないかと心配し、春男は強い危機感を抱いた。試験は二週間後に開始された。春男は自分の主義主張を貫き通そうと思って第一日目は試験をボイコットした。しかし、クラスの仲間に説得されて、二日目からは試験を受けた。退学処分者は大学当局によって試験を受けることを阻止された。全学学生会の執行部と大学当局の立場が逆転してしまったのだ。

学年末の試験終了後、学生は春休みとなり、それぞれ帰省した。退学処分者の寮生は退寮処分となった。春男は時間を指定されて、大学の予科長室に呼び出された。予科長は、「君はこれまでの行動をよく反省し、今後過激な行動をやめ、大学の方針に賛同すれば、学部への移行を許可する。君は初日試験を受けなかったね。各学部で追試験を行うから、日時を間違いなく受験したまえ」と言った。

春男は訓告処分を受けたのだ。大学当局が、社会科学研究班の学生全員の行動を詳細に調査していることが分かり、不気味な恐怖を覚えた。

全学学生会の組織は崩壊し、二十名の退学処分者は、一般学生から浮き上がり、敗退し、悲惨な終わりを遂げたのである。退学者の約三分の二は他大学に編入学し、残りの学生の大部分は、その地区で政治活動を続けることになった。

春男は寮を去る前に、佐藤直子が勤めている坂井市民病院を訪れた。吉村という若い医師と「若人会」に所属していた数人の看護婦たちはレッド・パージで病院を去って行ったという。その後、その病院を何回か訪ねたが、彼らの消息は杳《よう》として分からなかった。

夕方、春男は寮に帰った。窓の外に眼をやると、今まで気が付かなかったのだが、梅の花がつつましくも美しく咲いていた。彼は「そうか、もう春なんだ」と思った。しかし、彼の心は春ではなかった。その日は、寮生活の最後の夜だった。同室の仲間は帰省していた。電灯も点けずに、悄然と暗い部屋の中に一人佇《たたず》んだ。やがて、自分の弱さを恥じ、暗澹たる気分に陥り、暗い褐色の壁のほうに目を向けた。一瞬、言いしれぬ屈辱と挫折感に襲われ、深く大きな溜め息をついた。そして、誰もいないひっそりとした部屋の中で、「何たることか」と一人呟いた。

三

昭和二十四年四月、春男は文学部英文学科二年に編入学した。

文科予科時代に、過激な学生運動をしたという理由で訓告処分を受けた春男は、その時の耐え難い挫折感から、なかなか立ち直ることができなかった。退学者は潔《いさぎよ》いと思った。中途半端な行動をとった自分が腹立たしかったのだ。憂鬱な日々だった。

春男の同級生は九名、上級生を合わせると英文学科の学生は二十五人だった。知っている学生は誰もいない。大学は充実した教授陣容を整えていた。英詩を専門とし、俳句にも造詣が深いイギリス人の教授を初め、英米文学や英語学を専門とする著名な教授が肩を並べていた。

イギリス人のジョンソン教授はブレイクの詩やエマソンのエッセイ、山本教授はロマン派の詩や英米文学史、中山教授はジョージ・エリオットの小説、竹山教授はヘミングウェイやキャザーの小説、林田教授は英語学史の講義をそれぞれ担当した。春男は、今までに知らなかった英米の作家や詩人に関する講義を受けて、眼前に新しい知の世界が広がっていることを知り、激しい興奮を覚えたのだった。しかし、依然として予科時代の苦痛な思いに胸が締めつけられて暗い気持ちになるのだった。知的興奮と悶々とした情との交錯が続いているうちに、もう一学期も終わろうとしていた。校舎の外に出ると、夏服の男女が忙しそうに行き交い、街路樹のプラタナスの葉が初夏の風に揺れている。

春男は長引く風邪と蓄膿症のために頭痛に苦しんでいた。夏休みが待ち遠しかった。文学部に移ってからは栃木県の石橋駅から東京まで通学した。毎日、母が朝早く起きて作ってくれた朝食を食べ、家を五時半頃に出て、列車に乗って大学に通った。家から駅まで自転車で十五分だった。春男が可愛がっているシェパードに似た雑種犬のホクトが駅まで伴走してくれた。ホクトは、春男が汽車に乗ってから、いつもまっすぐ家に戻って行った。大きな犬で、遠くから見ると小牛のようだった。ホクトと一緒にいる時だけは、忠実な強い味方がいると思って幸せな気分になった。しかし、毎日、早朝の起床なので、無理がたたって風邪が治らなかった。ある朝、汽車に乗った時に頭痛のため、春男は意識が朦朧としていた。乗客が大騒ぎをしているので気が付いたのだが、ホクトが客車に乗り込んでしまったのだ。ホクトは彼の身を守ろうとして後に付いて来たのかもしれない。急いでホクトをデッキまで連れて行き、列車の戸を開けて、プラットホームの外れの所でおろした。間一髪でおろすのに間に合った。思わぬ事態に狼狽したが、ほっと一息ついた。ホクトは穏やかな気性の犬だった。しかし図体が大きいので、人から恐れられた。春男は乗客からひどく叱られ、不注意を詫びた。

七月から夏休みに入った。春男は両親に相談して、石橋町の病院で蓄膿症の手術を受けることにした。右と左の鼻を交互に手術し、両方で二週間かかり、その後、一週間の休養が必要だった。二週間の着替えを持って入院した。耳鼻科の医師は三十代で、柔和な感じのする人だった。手術の前日、医師は打ち合わせの折、担当の看護婦を春男に紹介した。お互いに目を見張った。何と佐藤直子ではないか。春男の頭の中に駒込の近くの庭園での逢瀬の情景が鮮やかに浮かび上がってきた。感極まって驚きの叫び声を上げそうになったが、医師の手前、形通りの挨拶をしただけだった。

右の鼻の手術が始まった。医師がメスを入れて副鼻腔に溜まった膿《うみ》を取り出す時の衝撃は思ったより苦痛だった。医師と直子は「頑張りなさいよ」と励ましてくれた。右の鼻の手術が一段落した時に、母と姉が医師に挨拶してから、病室に現れた。陽気な笑い声を上げ

ながら、こまめに骨身を惜しまず春男の世話をしてくれている直子の姿を見て、母は直子が病室を去ってから、

「あんなによく面倒を見てくれる看護婦さんは、今どき珍しいね」と姉に向かって言った。

「ほんとうにそう思うわ」

姉は感心して言った。

「あの看護婦さんがいるからもう安心だよね」

母は満足そうに明るい声で言って、姉と一緒に家に帰った。


春男の左の鼻の手術が終わって、二、三日たってから姉が再び見舞いに訪れた。にわかに、目の前が明るくなった。姉がカンナの花を持ってきたからだ。姉は「この部屋は殺風景だから、庭に咲いていたカンナの花を持ってきたわ」と言って、手提げから益子焼の花瓶を取り出した。その時、直子が病室に入ってきて、

「水を入れてきます」

と言って、その花瓶を持って行った。すぐに、直子は水を入れた花瓶を持ってきて、姉からカンナの花を受け取り、サイドテーブルの上に飾った。白いブラウスに、紺のフレアースカートを穿いた姉がその花瓶の側に立った。

「あら、春男さんのお姉さんは美人なのね。カンナの花より美しいわ」

直子は楽しそうに言った。ちょうどその時、春男の学友の大岡幹男が病室に現れた。大岡はすでに二冊の詩集を世に出し、目下、ダウスンの詩集を翻訳中だった。大岡は急に、

「看護婦さんの言う通り、山村君のお姉さんは美人だね」と言ってから、

「やあ、失礼、ぼくは山村の学友の大岡です」

と姉に挨拶をした。直子はにこにこした顔で、

「そうでしょう、お姉さんは美人でしょう」

と言って、忙しそうに病室を出て行った。

それから大岡は何度も見舞いにやってきた。姉に会えない時には残念がっていた。大岡は病気見舞いというよりは、姉に会うのが目的だったようだ。確かに姉は美人だった。春男が姉と一緒に道路を歩いている時には、行き交う青年たちが、口笛を吹いて、冷やかして通り過ぎた。恋人同士と勘違いしたのだろう。姉は若く見えたし、春男は年齢よりふけて見えたのだ。

春男はボストンバッグに衣類を詰め込んで退院した。家に帰ると、ホクトが尻尾を振ってすり寄ってきた。

明くる朝、春男の退院祝いに母は赤飯を炊《た》いてくれた。家族揃っての朝食は久しぶりだった。母は嬉しそうに彼を見詰めながら言った。

「春ちゃん、看護婦の直子さんは明るくていい人だね。嫁にもらったらどうかね。しょっ

ちゅう胃が悪くて熊の胃をオブラートに包んで飲んだり、鼻の手術をしたりするようなお前には、あのような世話好きな、きびきびした看護婦さんが一番いいのよ」

「そうだけど、ちょっと年上じゃないの」

姉が母の言葉に覆い被せるように言った。

「そうね、年上だと思うね。でも、年上の女を〈女増す《めます》〉と言って、そういう人を嫁にもらうと縁起がいいのよ。大学を卒業してからでもいいけど、今のうち決めておきなさいよ。春ちゃんは、顔に傷痕があるでしょう。そのことを心配しているのよ。私が元気なうちにお前の嫁を決めておきたい。無傷でお前を産んだのに、自分で顔を傷つけてしまって、ほんとうに親不孝だよ。でも、済んだ事はとやかく言うのはよそう。ただ、お前が不憫でたまらない。見合いなどしないほうがよい。あの看護婦さんのような、気心の知れた人がいいと思うわ」

母は産みの親の真情を切々と吐露し、直子との縁談にかなり乗り気だった。母の気持ちを察して、

「私があの女性……ええと、直子さんに聞いてみましょう」と姉は言った。

春男はこの話はゆっくり時間をかけて考えたい、という意見を述べて、この快気祝いの朝食会は終わった。

春男は、大学予科時代の「若人会」の解散後、佐藤直子が石橋町の病院に勤めるようになった経緯を尋ねたかったし、若い医師の吉村先生の消息も知りたかった。

暑い夏の日が続いた。約束の日、夕暮れ時に、春男は町の公園で、ベンチに腰を下ろして直子を待った。直子は小走りに息せき切って現れ、

「私、遅れてしまったかしら」

と口早に言った。直子の二本の脚《あし》が美しく夕日に赤く染まっていた。ベージュ色のフレアースカートが風に揺れている。直子は大きな目を輝かせて、春男を見詰めながら言った。

「久しぶりね、春男さん」

「病院でしょっちゅう会っていたよ」

「二人でこんなふうに会うのは久しぶりね、と言っているのよ」

「そうだね、駒込の近くの庭園以来だね」

春男はその庭園のベンチで海苔巻きを食べたことや、彼女の激励の言葉や、二つの築山の前で抱擁したことなどを懐かしく思い出した。二人は「若人会」の解散後の経緯を話し合った。直子は、

「レッドパージで東京の病院を辞めてから、一ヵ月くらい実家に帰っていたの。それから、吉村先生の紹介でここの町の病院に勤めるようになりました。先生の先輩が院長さんです。吉村先生は、平塚で開業医として勤務しています」と言った。

「ああ、そうだったんだ。ぼくは何度か病院に行って、直子さんの消息を聞き出そうとしたんだが、左翼学生というレッテルを貼られているので、かえって迷惑をかけるかなと思って、途中で深追いすることを止めたんだよ」と春男は言った。

「私もそうなのよ。レッドパージの女性と交際していることが分かれば、春男さんだって迷惑でしょう。だから連絡しなかったの」

直子はすぐに、自分の心情を述べた。

「ぼくは恥ずかしくて、自分のことなど述べられないよ。ぼくは訓告処分を受けた。学生運動を自重することになった。上級生は退学処分になったが、ぼくたちのグループは訓告処分ということになった。自分の中途半端な行動を恥じている。それにしても、左翼運動を徹底的に押さえ込もうとする国家権力というものはすごいもんだね。不気味で、恐ろしいよ」と春男は自分の本音を述べた。

春男の言葉にじっと耳を傾けていた直子は、

「権力者も左翼運動が怖いのよ。だから力で弾圧しようとするんだわ。レッドパージの件は一段落ついたのですから、私たちはしばらく静かにしていましょう。春男さんは勉学に励んで下さい。私は病人を助ける仕事に力を尽くします」と言った。

考えてみれば、春男は病人として看護婦佐藤直子の助けを受けたのだった。全快した春男が感謝の言葉を述べると、「病人を助けるのが私の仕事です」と直子は平然と言った。

喋り疲れたかのように二人の間にしばらく沈黙が続いた。ふと、直子は話題を変えて、

「春男さん、先日、病院にお姉さんが訪ねてきたの。春男さんには内緒にしておいて下さいと言っていましたが、この際、はっきり申し上げます。私に春男さんと結婚して下さいと言っていました。私は、春男さんは将来偉くなる人だから、私など似つかわしくないと言っておきました」と大きな丸い目を春男に向けて言った。

直子の話を聞いて、春男は母や姉に感謝しなければならないと思った。顔の傷痕のことを心配し、見合いなどはしないで結婚相手を早く決めておきたかったのだ。

「ぼくは母や姉の気持ちがよく分かるんだよ」と春男は答えた。

「ですから、今日のランデブーは密会ではなく、親の了解を得ているのよ」

直子は笑みを浮かべて嬉しそうに言った。

「これは、まいったな。親の了解か」と春男は顔を赤らめて言った。そして、二人は楽しそうに大きな声を出して笑った。

公園の右の隅に目を向けると、樫の枝に絡みついた真紅の蔦かずらの花が咲き乱れていた。

「きれいね。下にカンナの花が咲いてるわ」

直子は思わず感嘆の声を上げた。西空の雲間に沈みかけた夕日の残照が彼女の横顔を赤いろに染めていた。

春男は、右手で直子の肩を引き寄せ、左手でフレアースカートの下に伸びているしなやかな二本の脚を軽く愛撫した。直子の荒い息遣いが伝わってきた。春男は夢中で直子を強く抱き寄せ、激しく口づけをした。微かに歯と歯の触れる音を感じた。直子は身を震わせて応えた。何度も口づけの嵐が襲った。やがて二人は痺れるような甘美な興奮から覚めていった。

「春男さん、私はまだ約束を守ってないことが一つあるわ」と直子は急に思い出したように言った。

「何のこと？」

「覚えているでしょう。駒込の近くの庭園で稲荷鮨を作ってあげる約束をしたでしょう。次の日曜日に作ってあげる。私のアパートに来て下さる？　私は伊東三代子さんと一緒に住んでいるの。あなたも覚えているでしょう。〈若人会〉のメンバーよ。来て下さるわよね。おいしいお稲荷さんを作って待ってるから。約束ね」

直子はそう言って春男を抱き締めた。春男は、

「ずっとこうしてここにいたいね」と直子のふくよかな頬を眩しそうに見ながら言った。

「でも、もう時間だわ。帰らなくちゃ」

直子は急に立ち上がった。辺り一面に夕闇が迫ってきていた。二人は次の逢瀬の日時を決めて別れた。

春男は両親が支払ってくれた蓄膿症の手術代をアルバイトをして返そうと思った。私立大学は授業料が高額だ。一年前までは、父の山師としての仕事はかなり順調だったが、父の言動から察すると、今では金銭の工面で四苦八苦しているようだった。父は農業の他に住宅の建築の仕事を請け負っているが、元来、そのような仕事に向いていないと思った。木材運送業者に対していつも支払いが遅れて、母に小言を言われている父を見るのが耐えられなかった。

春男は宇都宮の浜野商会でアルバイトをすることになった。主に塗装の仕事を請け負っている会社だ。最初の四、五日間は鉄道の信号機の塗装作業を行い、その後は、小中学校の黒板の塗料を販売する外交員の仕事である。この仕事をしている時に、春男は、その後の人生に大きな影響を与えることになった中学校の横山賢一郎校長に会うことになる。

日曜日の正午、直子のアパートを訪れた。アパートはトタン屋根の二階建てで木造建築だが、この辺では瀟洒な建物と言える。彼女の部屋は二階の左手にあった。戸をノックすると、にこやかに笑みをたたえて直子が現れた。クリーム色のブラウスがよく似合っている。

「待ってたわ。さあさあ、どうぞ」と直子は言って、座布団を差し出した。

「これはぼくの家の畑から取ってきた西瓜《すいか》だ。中は黄色でおいしいよ。実は、ぼくも直子さんと約束したね。次に会う時には牛肉の缶詰を持ってくることになってた。その代わり、これを持ってきたよ。御免ね」

と春男は言って、大きな西瓜を卓袱台の側に置いた。

「やあ、稲荷鮨だ。干瓢が巻いてある。おいしそうだ」

春男は卓袱台の上の好物を見て上機嫌だった。

「春男さんの開襟シャツ、なかなかしゃれてるわ」

直子は嬉しそうに彼を見詰めて言った。

「これはね、姉が洋裁の実習で縫ってくれたもんだよ。姉はね、直子さんのことをいつも明るくて、いい人だと褒めてるよ」

二人は稲荷鮨を食べた後で、取り立ての西瓜を味わった。

同室の伊東三代子は父の一周忌で実家に帰っていた。部屋は六畳の和室だが、広い台所がついていて、女性の部屋らしく、綺麗に整理整頓されていた。

二人は畳の上に仰向けになって、しばらく食休みをした。春男は左手、直子は右手を出して握り合った。直子の胸にはふっくらとした二つの丘があった。ブラウスの上から自分の両手を二つの丘にそっと添えた。それから春男は強く抱き締めた。直子は微かな呻き声をあげた。直子の胸は荒く大きく波を打っていたが、数分の後に静かになっていった。二人は甘美な悦びの余韻に浸っていた。二人の愛の儀式は終わった。

春男はゆっくりと目を開いて、詩を口ずさんだ。

遠い昔のことだった
海辺に近き王国に
アナベル・リーとひとも知る
ひとりのおとめが住んでいた。
われを愛し　われに愛されることのほか
他に思うことなく暮らしてた。

「美しい詩ね。私にも教えて。紙に書いて下さる？」

直子は感激して言った。

「これはアメリカの詩人で小説家でもあるエドガー・アラン・ポーの『アナベル・リー』と題する詩で、恋愛詩というよりも哀悼歌に近いものだね。ポー自身は最愛の妻を失い、悲嘆の生活を送り、四十歳の若さで亡くなってしまった」

春男はそう言ってから続いて第二スタンザを吟唱した。

直子は春男を強く抱き締めてきた。

西日が窓から入ってきた。いつのまにか太陽が西空に傾いていた。直子はレースのカーテンを閉めた。部屋には、なおも西日の名残の明るさが漂っている。扇風機の風でカーテンが揺れていた。春男と直子は言いようのない、幸福感に浸った。

春男は手術後の診察に定期的に通院していた。帰り際に直子に呼び止められた。直子は相談があるので、夕方にアパートに来てほしい、と言った。春男はアルバイトの後で会う約束をした。

約束の時間に春男はアパートを訪ねた。卓袱台の上には、金平ごぼう、里芋、卵焼きなどが可愛い皿に用意されていた。すべてが好物だった。

「ねえ、春男さんの好きな物でしょう。召し上がれ」

直子は唇を綻ばせて言った。

「相談って何？」と春男は聞いた。

「実はね、最近警官が私に付きまとってくるの。私服で病院にきて、私に話したいことがあるから、会ってほしい、としつっこく言ってくるのよ」

直子は困ったような顔をして言った。

「交際している人がいるから、ときっぱり断ったほうがいいよ」

春男は、いつも物事をはっきり言う直子にしては、何と優柔不断なことかと思った。

「分かったわ。そう言って断るわ。心配したのは、私が左翼運動に加わって、レッドパージになったことを知っていて、その弱みに付け込んでつきまとってくるのではないかと、とても不安だったの」

「もう一段落したから心配ないと思う」

「これでやっと胸のつかえが取れたわ」

直子は十分に納得してそう言った。直子はやっと笑顔を取り戻した。春男は、その警官らしい人が病院に出入りしているのを何度か前に目にしていた。通院している患者だと思っていた。

直子の安心した顔を見て、この問題は解決したと思い、春男はやっと寛いだ気分になった。春男が箱に入れて持ってきた真桑瓜《まくわうり》の一個を一緒に食べた。夏の夕日は、レースのカーテンを通して赤く燃えて、黄緑色の楕円形の瓜の表皮を美しく輝かせていた。甘い香りが辺りに漂った。

「春男さん、今日は何もかも有難う。大きい真桑瓜でしたね。おいしかったわ」

直子はそう言って、卓袱台の上を片づけてから、春男の隣に座った。二人はごく自然にお互いに抱擁し合って、甘美な喜悦に身をまかせた。「ずっとこのままにしていて！」長い沈黙が続いた。

「春男さん、このままこうして眠りたいわ」

と直子は言った。二人は向き合った。直子の目から大きな涙が一滴、二滴、三滴、間を置いてこぼれ落ちた。春男は右手でそっと拭った。

「どうしたんだ」

「あまりにも幸せ過ぎるんですもの」

直子の肌のぬくもりを全身で感じながら、春男はいつまでも直子を幸せにしなければならない、と心に決めた。

日は沈み、庭では虫が鳴いていた。数種類の音色の合唱だった。見事に調和しているように思われた。鈴虫と松虫との合唱が一番美しい音色だと春男は思った。その他のがちゃがちゃという鳴き声はくつわ虫だろう。夏の真っ盛りなのにもう秋が忍び寄っているのだった。春男にとっては、いま「我が青春の真っ盛り」だった。


春男はアルバイトを始めた。最初の四日間は、鉄道の信号機を塗装する作業だった。手先が器用なので、仕事がはかどり、現場監督から「君の仕事は完璧だ」と言われた。確かに塗装の仕事は上手にできたが、「完璧」だとは思わなかった。監督は褒めて人を使う術を心得ていた。厳しいが、陽気で、しかも豪快で、男気のある監督だった。四日間の作業は完了した。体力とほどほどの技術を必要とする仕事だったが、終わってみると、春男は百米を全速力で走った後のような爽快な感じがした。

次は黒板の塗料を販売するために、北関東の小中学校を訪問した。自転車の荷台には出来るだけ多くの塗料缶を積んだ。北関東は山間部が多く、坂道を上ったり、下ったり、自転車のペダルを踏むのに骨が折れた。それでも、春男は一日に十校訪問した。夏休みなので、不意に訪れても、校長に会えるとは限らない。たまたま一校だけは、校長先生に面会することができた。校長は、「試しに使ってみよう」と言って、一缶だけ購入した。

春男は疲れ果てて帰宅した。家族の者にアルバイトの成果を告げると、母に「〈商い〉は〈飽きない〉ことが大切だ」と言われた。もう少し頑張ることにした。朝早く浜野商会に行って、県下の小中学校に電話をかけ、校長が来校している学校に出かけた。五番目に訪問した中学校の校長は長髪で古武士のような風貌をしており、筋肉質の体型をしていた。春男に名刺を差し出した。「校長　横山賢一郎」と書かれてあった。

「君は学生と見受けるが、アルバイトに熱心のようだから、黒板の塗料を購入することにしよう。ただし、条件がある。このような仕事は用務員には頼みにくい。だからと言って、先生方にも頼めない。この塗料がほんとうによいのかどうか、君が塗装して、実際に模範を示してほしい。いいかな」

校長は強い口調で話すのだった。春男はとんだことになったと思った。しかし、後に引けなかった。幸いにも、鉄道の信号機を塗装した経験がある。濃い塗料を適度に薄める勘所を押さえていた。信号機の塗装の際に、現場監督に「君の仕事は完璧だ」と言われた時の手捌《てさば》きの感触を思い出しながら、中学校の干からびた黒板を一心不乱に光沢のある黒色に

塗り上げた。春男の仕事は一見して完璧そうに見えた。校長は、

「おお、出来上がったか。見事なもんだ。これでよし。六缶買うことにしよう」

と言ってから、

「君、今日はこれで仕事が終わりだろうな。私の家に来てみないか。君に見せたいものがある」と言って、春男を自分の家に誘った。


横山校長の家まで歩いて十分くらいだった。門構えが立派で、中に入ると大きな茅葺き屋根の家があった。由緒のある旧家のように思われる。部屋に入って横山夫人が淹れてくれたお茶を飲んだ。炉端には黒光りのする大黒柱が天井まで聳えている。十分ほど休んでから、横山校長と春男は裏庭に出た。古いが、非常に手入れの行き届いた弓道場があった。右側には射距離二十八メートルの近的《きんてき》射場、左側には六十メートルの遠的《えんてき》射場がある。校長は初めに射法の解説をし、次に近的行射の模範を示すことになった。

横山校長は弓道着を着用して道場に上がり、履物を揃えた。それから、神棚に向かい、二礼二拍手一礼をした。韘《ゆがけ》（弓を射る時に使う革の手袋）を付け、弓と矢一手《ひとて》、甲矢《はや》と乙矢《おとや》を執って、近的射場に座した。前方の垜《あずち》には星的《ほしまと》が設置されていた。星的は直径が三十六センチメートルで、中心は白地に直径の三分の一の黒色円形となっている。校長は弓道の射法にしたがって一本目の甲弓を放った。春男は固唾をのんで見守った。矢は黒色円形の真ん中に的中した。二本目の乙矢は一本目よりわずか右に的中した。校長は行射が終わっ

てから春男に尋ねた。

「二番目の弓がなぜ右にそれて的中したか、分かるかね」

「その時わずかに右手が揺れたからだと思います」

春男はそう答えた。

「それは、答えにはなっていない。同じところに的中したら、甲矢に乙矢が当たり、壊れてしまうだろう。そういう弓は品がない。弓道は人間の品格を磨き、他人に尊敬されるような人格の陶冶《とうや》を目指す。これこそが弓道の思想の根底となっているものだ。先ほどの行射はその一端であると思っていただきたい」

校長は切々と説いた。

すでに五時を過ぎていたが、夏の日はまだ明るかった。樹木が密集する小高い山の上のほうに入道雲がもくもく現れていた。

「学生さん、急いで帰ったほうがいいよ。雷がごろごろ鳴っている。この空模様では一雨きそうだな」

春男は再会を誓って横山校長に別れを告げた。

黒板の塗料の販売ははかばかしくは進まなかった。春男は一週間後、浜野商会に辞表を出した。次に自分独自でアルバイトを始めた。上野のアメヨコから仕入れた多量の石鹸を、自転車に載せて、関東各地の農家を回って販売した。季節は夏で、洗濯が必要な時期だった。農家では石鹸が不足しており、行く先々で飛ぶように売れた。春男は鼻の手術代どころか、授業料も稼ぐことができた。

春男はアルバイトの成果を直子に知らせるために、いつも夕日を眺めながら逢瀬を楽しんでいた町の公園で午後六時に会う約束をした。直子はベンチに座って待っていた。春男は十分ほど遅れて到着した。直子は少し痩せて、心なしか元気がなさそうに見えたが、素早く立ち上がり、いつもの笑みを浮かべ、両腕を差し出した。二人は激しく抱擁してから、ベンチに座った。直子は意外なことを話した。

「今日、手術の手伝いをしていて、急に胃が痛くなり、仕事を中断してしまったわ。しばらくして治ったけど」と直子は言った。

「宿直が多くて疲れていたんだろう。緊張する仕事だからね。神経性の胃痛じゃない？心配しないほうがいい」

そう言ってから、直子と腕を組んで公園を出た。二人は瓢畑《ふくべ》の真ん中の農道を散歩した。西の空には赤い円盤のような大きな夕日が沈みかけていた。残照が二人の影を農道の上に大きく映し出した。

春男は鉄道の信号機や黒板の塗装をした話や、古武士のような弓道範士に会った話や、石鹸販売で予想外のアルバイト代が入ったことなどを話した。

「末成《うらな》りの小さい瓢しかないね。干瓢作りの仕事はもう終わりだな。こおろぎの鳴き声はこの畑のフィナーレを奏でているみたいだ」

農道を散歩しながら、春男は言った。

「あら、あそこに大きな瓢があるわ」

「ああ、あれは種瓢《たねふくべ》だ」

「そうね、たぶんそうだと思ってたわ」

二人は立ち止まってお互いに強く抱擁し、永い口づけをした。直子はぐったりとして、春男の胸に顔をうずめるように倒れかかった。直子を抱き上げるようにして、春男はゆっくり歩き出した。

「直子さん、ぼくが大学を卒業したら結婚しよう。母はできるだけ早いほうがいいと言っている」

「私はあなたには不釣り合いではないかしら」と呟くように言って、しばらく間をおき、「うれしいわ」と涙ぐんでいた。

二人は二つの影を追うように農道を歩き続けた。二つの影がやや薄くなりかけた。その時、片方の影が消えた。直子が屈み込んだ。

「どうしたの？」

「胃が重苦しくなり、胸がつかえて、息苦しいの」

「アパートにすぐ帰ろう。おんぶしてやろう」

春男は直子を背負った。小づくりだが、直子の身体は、思ったより重く感じられた。微かな夕日の名残の薄明の中をアパートに向かってゆっくり歩いた。五十メートルほど進んだだろうか、急に体が軽くなった。

「もう大丈夫、すみませんでした」

そう言って、背中から離れて、一人で元気に歩き出した。春男はアパートまで付き添った。別れ際に、春男は、学期末の試験で一ヵ月ほど会うことはできないが、手紙は一週間毎に出すようにすると約束をし、その上健康第一に考えるように、と直子に何度も繰り返して言った。

学期末の試験が終わり、春男は勉学の重圧から解放された。イギリス人のジョンソン教授の英詩の授業は英語で行われたので、よく理解できず、心配していた。しかし、事前に数種類の試験問題が示され、その中から出題されることになっていたので、あらかじめ解答の準備ができた。そういう訳で、どうにか合格点を取得することができた。その他の科目については精一杯の努力をしたつもりだ。

春男は直子の体の状態が気に掛かっていた。直子に何度か手紙を出したが、返事はこなかった。一体、どうしたのだろうか、と心配だった。思い余って、勤務先の病院を訪れ、鼻の手術を担当した医師に直子の様子を尋ねてみた。その医師は、直子は急に病に倒れ、東京の新宿の近くの大きな病院に入院したと言う。この前に会った時に、直子は胃が苦しいと言っていた。瓢畑の農道で、屈み込んでしまった時に、春男は、直子を背負って帰ってきたのだった。あの日の出来事の一部始終を考えてみると、直子の異常な振る舞いは、体内の病巣が体全体を蝕み始めている前兆だったということが、春男には分かってきた。

秋も深まりゆくある日、春男は、分厚い一通の手紙を受け取った。差出人は佐藤直子だった。

山村春男様

読書の秋となりましたが、お元気でご勉学にお励みのことと存じます。

さて、度々お手紙を有難うございました。お返事が遅れてしまい、御免なさいね。

私は胃の調子が悪いので、エックス線で体内を撮影していただきました。その結果、胃の右側に大きな影があることが分かりました。私は看護婦ですから、それが何の病気か想像することができます。担当の医師は薬で治療ができると言っていますので、この言葉を信じて、療養につとめる覚悟です。次に、もっと重大なことをあなたに話さなければなりません。私は身籠っていることが分かりました。あなたと私の赤ちゃんです。あなたと相談して決めることでしたが、私の生命を守ることが第一ですから、生まれてくる赤ちゃんは犠牲にせざるをえないという担当の医師のアドバイスを受け入れてしまいました。私は自分が助かるために赤ちゃんを犠牲にしてしまったのです。あなたに何と言ってお詫びをしたらよいか分かりません。私は混乱し、苦しみました。あなたに手紙を書いては破り、また書いては破ったりしてしまいました。とうとうこのように返事が遅れてしまったのです。

春男さん、ほんとうに、ほんとうに申し訳ありません。あなたは、私を自己中心的な女だと思うでしょう。このような自分が嫌になってきます。

現在、最新の医療施設を誇るこの病院で治療ができることを幸せに思っています。あと二ヵ月もたてば病気も回復すると信じています。それまで面会は差し控えて下さるようお願いします。

これまで、春男さんに巡り会って、限りなく楽しい時間を過ごすことが出来ました。心から感謝しています。

春男さんを心から愛する直子より。

昭和二十四年十月

春男は直子の手紙を読み終わった時に、体がどこかに突き飛ばされたような激しい衝撃を受けた。現実はかくも厳しいものかと思った。二人の間の子供が生まれようとしていたという事実を、春男は厳粛に受け止めなければならないと思った。やむなく堕胎を決意しなければならなかった時の苦衷を察すると、直子への情愛の念が高まり、矢も楯もたまらず、今にでも病院に走って行って直子を労り、抱き締めたい気持ちになった。

春男は早速手紙を書いた。その手紙の中で、直子が堕胎をしたことは病気の治療のために適切な判断であり、今となっては、一日も早く全快することをただただ祈っているという内容の文をしたためた。春男は一刻も早く直子に会いたかったが、病気が回復するまで面会は待ってほしいという文面だったので、「若人会」のメンバーであった吉村医師に相談に行った。吉村医師はその手紙を読んでから、

「彼女の気持ちが落ち着くまで、当分の間、会うのは控えたほうがよいと思う。エックス線写真で分かった内臓の影は十中八九まで胃潰瘍だろう。胃の中の影が大きいのが心配だ。良性ならよいが、悪性だと面倒なことになる。私たちは良性であることを祈ろう」

と心配そうな顔で言った。

春男は直子の症状に関する吉村医師の所見を聞いて暗然とした気分になり、直子の胃潰瘍が良性であることをひたすら祈った。

吉村医師のアドバイスにもかかわらず、春男は直子の見舞いに行こうと決めた。大学か

ら帰る途中に病院を訪れた。戦後に建てられたその病院は、医療設備が整っていることで知られていた。

運がよいことに、「若人会」のメンバーだった看護婦の若山洋子に、偶然、病院の入口で出会った。若山洋子は春男を病室まで案内してくれた。

その病室には四人の患者が入院していた。直子は窓際のベッドに臥せていた。直子は春男を見詰めてから、

「春男さん」とはっきりした声で呼んで、「お手紙有難う」と言った。

思ったより元気だったので、春男は安堵した。直子はいつもの笑みを浮かべていたが、やや、ぎこちなかったように見えた。魅力的な、丸い大きな目は澄んで輝いていた。病人のようには見えなかったが、以前より遥かに痩せた感じがした。

春男は、「気をしっかりもって、頑張れよ」と何度も言った。

春男は一週間に一回は直子を見舞いに行った。一ヵ月が過ぎ、やがて二ヵ月が過ぎ去ろうといていた。固太りで、五十キロ以上あった直子の体重が会うごとに目に見えて減っていくのが分かった。入院して二ヵ月の終わり頃、待ち受けていた直子は、「息苦しくて、だんだん力が抜けていく感じがするの」と春男に訴えた。

直子の手を握り締めて、「頑張れよ」と励ました。しかし、もはや春男の手を握り返す余力がなかった。

十二月中旬、直子が入院して三ヵ月目に入った。春男はいつもの部屋を訪れた。すでに直子は個室に移され、戸口には「面会謝絶」の札が掛けられていた。

春男は胸騒ぎがした。

「直子の病気は悪性の胃潰瘍だろうか。胃癌？」と呟いて、その部屋の前にしばらく佇んでいた。

やがて、春男は大きな溜め息をつき、意気消沈して帰って行った。部屋の外に出ると寒さがきびしく、思わずコートの襟を立てた。教会の鐘が五時を告げていた。ほとんどの街路樹はもう葉が落ちている。歩道の石畳の上にいっぱいに広がっている落ち葉を踏み締めながら最寄りの駅に向かった。一瞬、強い風に吹き飛ばされた枯れ葉が二つ、三つ、春男の前に舞い上がり、車道に落ちた。駅に着いて、切符を買おうとしてポケットから財布を出した時に、言い知れぬ疲労感に襲われて、春男は改札口の前にしゃがみ込んでしまった。

一週間後、春男は看護婦の若山洋子から速達便を受け取った。佐藤直子が十二月二十二日、胃癌のため逝去したという知らせだった。遺書が同封されていた。

山村春男様

何度も、何度もお見舞いに来て下さって、有難うございました。私はもう疲れてしまいました。あなたがいつも「気をしっかりもって、頑張れよ」と励まして下さったお陰で、今日まで生きてこられました。くたびれ果てた私にとっては、これが最後の手紙になると思います。

あなたは顔の傷痕を気にしていましたね。アメリカで傷の修復ができるという情報があります。東京の警察病院の平山先生にご相談下さい。住所と電話番号は別紙の通りです。

人間をほんとうに愛するということを教えて下さったのは春男さんです。私は幸せでした。

さようなら、あなたを愛する直子より。

昭和二十四年十二月

今わの際まで春男のことを心配していたのだと思うと、春男は直子の優しさに胸を打たれた。

十二月二十三日に直子の遺体が栃木県小山の近くの実家に運ばれた。町のお寺で、二十四日に通夜、二十五日に葬式が執り行われた。春男は通夜と葬式にも出席した。春男の姉は葬式に出席した。祭壇には遺影が飾られていた。それはいつもの笑顔ではなく、激しい情熱を秘めたきりりっと引き締まった容貌の写真だった。お経が終わる頃、右側に座っていた姉の啜り泣く声が聞こえてきた。春男の膝の上には大粒の涙が止めどもなく流れ落ちた。

姉は春男の右手を強く握り締めて慰めてくれた。直子の母親にお悔みの言葉を述べてから、春男は姉と一緒に帰った。お寺から最寄りの駅まで、商店街の歩道を歩いた。辺りは暮色が迫っていた。冬の日は落ち方が非常に早い。街灯の明かりをたよりにして二人は十分ほどで駅に着いた。

駅のプラットホームで、

「姉さん、ぼくは悔しくってたまらないよ」と春男は言った。

「何が悔しいの」と姉が尋ねた。

「癌にやられてしまったことだ」と春男は言った。

「よく分かるわ。でも、それが直子さんの巡り合わせなのよ。春男さんも運が悪かったわね。お墓参りをして供養をしてあげなさい」

姉が言い終わると、すぐに、列車が黒い煙を吹き上げ、しゅっしゅっと音を立てて、入ってきた。春男と姉は、多くの乗客にまじって客車の中に吸い込まれていった。

新しい年を迎えたが、春男の気持ちは晴れなかった。直子を失って、深い悲しみに沈んでいた。直子は、春男を信頼し、彼の外面も内面も何もかも理解し、心から愛してくれた女性だった。春男はキーツの詩の一節を思い出していた。

美しきものは永遠《とこしえ》に悦びなり
その麗しさはいや増し　それは
つねに消え果てることなし

死の間際まで、直子は優しい思いやりを示してくれた。それが直子の美しさなのだ。そうだ、直子の美しい心は、消えることなく、春男の心の中に残っている。直子は駒込の近くの庭園で、春男が顔の傷痕のことを気にしていることが分かり、彼を励まし、男らしく心身を鍛えなさい、と言ってくれた。あの時、直子は弓道に精進することを勧めた。偶然にも、塗料販売のアルバイトの時に、弓道範士横山賢一郎先生に会った。直子の心を生き返らせるためにも、横山先生の指導を受けようと春男は決意した。

第二部　矢が天空に飛ぶ

四

昨年、昭和二十四年十月、山村春男は、佐藤直子から「読書の秋となりましたが、お元気でご勉学にお励みのことと存じます」という挨拶で始まる分厚い手紙を受け取ったのだった。しばらく音信が途絶えていた後にやっときた手紙だったので、何か悪い事が書かれているのではないかと思って、不安な気持ちになった。その手紙は、彼女の病気入院の知らせだった。入院後、同年十二月、彼女は薬石効なく帰らぬ人となったのだった。

直子の急逝は春男に大きな衝撃を与えた。彼女を失ったという悲痛の念が、絶えず彼の胸を締めつけるのだった。彼女の念願通り、彼は勉学と弓道に精進しようと心に決めた。しかし、どうしても心の奥底から力が湧いてこないのだ。彼女に申し訳ないことをしたという慚愧後悔の念が、執拗に彼に取り憑いて離れないからだ。これまでに、何度も恥を晒した事もあったが、自己の人生を誠実に歩み続けてきたつもりだった。しかし、彼は一度大きな失敗をしたと思った。結婚と愛の儀式の順序を間違えてしまったことだ。直子は春男の顔の傷痕に同情し、彼に愛情を注いできた。春男と直子の愛は、直子の同情から始まったとは言え、二人の熱情は相思相愛の極致へと上昇していった。しかし、愛の儀式が先行して妊娠と病気が並行し、彼女は混乱し、悶え苦しんだ。男のエゴイズムが、残酷にも彼女を死に至らしめたのではないか、と彼は夜ごと胸を痛めた。明るいエネルギッシュな彼女と言えども、病魔には打ち勝つことができなかった。癌の病巣は、凶暴な姿と化して、彼女の体を蝕んでしまったのだ。

しかし、この頃は、春男の脳裏に絶えず直子の明るい笑顔が浮かんでくる。そして、彼女の甘美な感触が彼の全身に甦り、彼は限りない恍惚感を覚えることがある。今でも彼の内部に彼女が生き続けているからだ。

直子は、あの頃、誰にも感知できないインスピレーションを受けて、自分の愛情を短期間のうちに燃焼させたのかもしれない。彼女は人生の歓喜を満喫していたのだ。だから、死を迎えても、春男に思いやりの気持ちを持って、安心立命の境地でこの世を去っていくことができたのではないか。そう思うと、春男の気持ちは安らぐのだった。

昭和二十五年二月下旬、学年末試験が終了した。三月上旬の日曜日の午後、春男は予告なしに、横山賢一郎範士の弓道場の門を叩いた。おもむろに門が開けられ、弓道着を身に着けた横山先生が、穏和な笑顔で現れた。

「おお、先日の学生さんではないか。名前は何と言ったかね」

「山村春男です」

「そう、そう、山村君だったね。待っておったぞ。さあ、中に入りたまえ」

「山村春男入ります」

「そんなに形式ばらなくてもよい。実は、もう来る頃だと思っていた」

横山先生はそう言って春男を応接間に案内した。

「実は君に紹介したい人物が二人いる」

横山先生は不意に言った。すぐに、弓道着を身に着けた二人が応接間に入ってきた。一人は三十歳前後、もう一人は春男より二歳くらい年上と思われた。

「右が弓道錬士佐藤典男先生。中学校の教諭をしておる。左が山田利勝君。私の甥で、目下、弓道の修行中の身だ」

横山先生は二人を紹介した。春男は佐藤先生を見て、思わず目を見張った。どこかで会ったような気がしたからだ。

「私は佐藤直子のいとこだ。確か葬儀の時にあなたに会ったと思うが、挨拶をする機会を逸《いっ》してしまった。直子がいろいろとお世話になり、感謝しています」

佐藤先生はそう言って、丁重に頭を下げた。顔の輪郭はどことなく直子に似ていた。尻上がりの発音は直子にそっくりだった。

「ぼくのほうこそ直子さんにはお世話になりました。実は、以前に弓道に精進したらどうか、と彼女に勧められたことがあります。その時、上の空で聞いていました。しかし、昨年、黒板の塗料販売のアルバイトをしていた時に、ぼくはたまたま横山校長先生にお会いし、弓道の精髄に触れ、これこそ自分が求めていたものだと悟ったのです。弓道に精進することは、直子さんの気持ちをも生かすことになると思います」

春男は心を込めて言った。

「〈一樹《いちじゅ》の陰《かげ》、一河《いちが》の流《なが》れも他生《たしょう》の縁《えん》〉というが、君は佐藤先生と縁があったのだね。早速、修行を始めよう。まず、弓道においては、身体・心気・弓技の安定が大切である。つまり、身・心・弓が一体となれば、風格・品位がおのずから表れ、人格の陶冶《とうや》に資することができる。以上のことは行射を通じて会得《えとく》するように心がけよう。本日と明日は私が指導するが、それ以後は、佐藤先生に指導していただこう」

横山先生は弓道の心構えを簡潔に述べた。

弓道着は佐藤先生が用意してくれた。いよいよ行射だ。最初は巻藁《まきわら》で練習することになった。近的射場の左の奥に巻藁室があった。

春たけなわだが、北関東はまだ寒さが残っている。しかし、早くも弓道場の外側の梅林には、八重寒紅《やえかんこう》や枝垂梅《しだれうめ》が綻び、春の到来を告げていた。

直子を失ってから、沈鬱な気持ちで毎日を送っていたが、大自然の春の息吹を感じ、春男の心に明るい希望が湧き出てくるのだった。横山先生は、巻藁《まさわら》を前にして、弓道の基本となる射法八節の指導をした。

「弓道における射法八節とは、足踏《あしぶ》み、胴造《どうづく》り、弓構《ゆがま》え、打起《うちおこ》し、引分《ひきわ》け、会《かい》、離《はな》れ、残心《ざんしん》（残身）という弓を引く時の順序のことをいうのだが、それぞれ八つに区切って行われるものではない。足踏みから残心まで、射手は呼吸に合わせ、一連の動きの中で、力強くしかも流れるごとく、身・心・弓を一体にして、静謐《せいひつ》な境地の中で自然に矢が離れるようにしなければならない。まず、この事が射法八節の基本理念だ。分かるかね」

横山先生はそう言って、真剣な、気迫のこもった眼差しを春男に向けるのだった。横山先生の行射の指導はまさに充実したものであり、気がついてみたら、二日間が終わったという感じだった。

その後、春男は佐藤先生の指導を受けた。佐藤先生から弓道を学ぶことができるのは嬉しかった。いつも活発で元気のいい直子の精神が佐藤先生に乗り移っているように思われ、春男の胸は躍っていた。巻藁の前での練習が二ヵ月続いた。山田利勝君のように、はやく近的射場や遠的射場で弓を引きたかった。しかし、佐藤先生は基礎が出来上がるまで、射場での行射を許さなかった。春男も射場で弓を引けるほどの力量がまだないと思っていた。射法八節の基本に時間をかけた。三ヵ月後、やっと的前で行射することができるようになった。目前の的を当てようとして体が硬直した。佐藤先生は「的を狙っては駄目だ！　駄目だ！」と何度も声を大にして注意した。春男は、何で的を狙っては駄目なのか腑におちなかった。しかし、やっと分かった。的を狙うと小手先で調節する狭い射になり、品位がなくなるのだ。佐藤先生の教えの通り、雄大な射を行うように気を配った。会の時には余裕をもって、しかし時間をかけ過ぎることなく、身・心・弓を一体にして、横山範士の教えの通り、静謐《せいひつ》な境地の中で自然に矢が離れるように心がけた。雄大な射を旨としたが、最初はなかなか的に当たらなかった。目前に的があるので、どうしても当てたくなる。的を狙うと確かに当たるのだ。しかし、春男はそうすることを止めた。辛抱強く雄大な射を続けた。やがて弓と身心が一体となり、矢が素直に、しかも自然に的中するようになった。初めのうちは、まぐれ当たりだと思っていたが、だんだん矢の的中率がよくなった。弓を始めて半年が過ぎた頃、佐藤先生は、

「春男の弓に余裕と品格が出てきた」

と言って、やっと春男の弓を認めてくれた。

その後、春男の弓はめきめき上達した。大学を卒業する頃までに参段の認許状を取得した。佐藤先生はその頃は教士に昇格していた。参段の資格を取得した際に、春男は横山賢一郎範士と佐藤典男教士にお礼の挨拶に行った。横山先生は「よく精進した」と言い、佐藤先生は、「長い間、巻藁で辛抱した甲斐があったろう」と言い、両先生とも温かい笑顔を見せて、喜んでくれた。

山村春男は、四月上旬、佐藤直子の墓前に弓道の修行の結果を報告に行った。墓は栃木県の小山の外れの丘の上にあった。墓前で両手を合わせると、町の公園での度重なる逢瀬の日々や、アパートでの激情の思い出や、東京の病院での哀感をそそる情景などが、春男の脳裏に鮮明に浮かんでくるのだった。花を墓前に供え、何度も「有難う、有難う」と直子に感謝の気持ちを述べた。帰る途中、ふと、丘の中腹に目を向けると、薄紅色の滝のような姿の枝垂桜《しだれざくら》の大木が、今を盛りと咲き誇っていた。「見事なものだ」と呟いた。直子もあの頃は美しく輝いていたが、哀しくも、慌ただしくこの世を去って行った。この枝一杯の桜花が、二週間後には無残にも散っていくように。鳥の鳴く声が聞こえてきた。枝垂桜の上空に鳶が大きな輪を描いて回っている。直子が鳶に乗り移って、春男を歓迎しているのかもしれないと思った。上空に顔を向けて、「直子さん、ここだ。ここに下りてこい！」と大きな声で叫んだ。すると、下の広場で凧揚げを楽しんでいた男の子が怪訝そうな顔で春男を見詰めた。「早く下りてこい！」ともう一度叫んだ。男の子は驚いて遠ざかって行った。その時、鳶はもう一度、ゆっくりと、大きな輪を描いて、山並みのほうへ静かに飛び去って行った。

「とうとう行ってしまった」と春男は呟き、深い溜め息をついて、坂を下りて行った。

生前、佐藤直子が春男に要望していたことが二つあった。第一は弓に精進すること、第二はアメリカで傷痕の修復手術をすることだった。第一の要望は曲がりなりにも果たすことができた。第二の要望を実現するためには時間とお金がかかる。春男は中学校の教員をして資金を蓄え、数年後にアメリカに留学し、その折にニューヨークの形成外科で手術を受ける計画を立てた。

イギリス人のジョンソン教授の指導の下で、イギリスの作家D・H・ロレンスに関する卒業論文を執筆し、人並みの評価を得て、春男は昭和二十七年三月に東京の私立大学を卒業した。在学中はイギリス文学を専攻したが、アメリカ留学を志したからには研究分野を変更し、戦勝国アメリカをこの目で見て、アメリカ文化と日本文化がどのように異なっているのかを考察してみたいと願った。つまり日本文化とアメリカ文化の比較研究だ。そのような将来の夢を眼前に掲げて、春男は同年四月栃木県の国分中学校の英語の教諭になった。春男が赴任した年の一学期が終わる頃、松本哲夫校長は職員会議の席上で、国分中学校は教員の定員が一人多いということが分かり、誰かに退職してもらうか、または他の中学校に空席があればそこへ異動してもらわなければならないので、頭を痛めていると述べた。国分中学校の教員は妻帯者が多く、独身者は三人だった。独身者が退職又は異動をしなければならない状況だった。春男は留学の準備のために退職してもよいと思った。翌日、松本校長に退職したい旨を伝えた。松本校長は「ほんとうによいのか」と何度も念を押し、

「助かった。有難う」と言った。春男は東京で英語学習塾の講師の職を探そうと思った。一週間後、隣の村の本里中学校の校長から、英語教員が不足しているので、是非、採用したいという申し出があった。喜んで受諾した。このことが、春男の人生を大きく変えることになったのである。

二学期に春男は栃木県の本里中学校に赴任した。英語のほかに社会や体育を担当することになった。天気のいい日には、教室の外で英語の授業を行うこともあった。大学の予科時代に、山岡教授がドイツ語の授業の時に、屋外で「野ばら」や「菩提樹」の歌を教えたように、春男もまた屋外で中学校の生徒にフォスターの一連の歌を英語で教えた。田舎の中学校の生徒は、純朴で、教員の教えに黙々と従った。しかし、体育の授業の時だけは、公然と不満を表した。春男の得意とするものは、陸上競技、跳び箱、器械体操だった。ところが、生徒は、これらの三つの競技種目を好まない。むしろ野球やソフトボールやドッジボールをやろうと言うと、目の色を変え、大喜びして張り切る。弓を教えれば春男に一目おくだろうが、あいにく弓道場はない。ドッジボールは指導できたが、野球とソフトボールはとても苦手だ。自分が自信のある陸上競技、跳び箱、器械体操の指導をかたくなに続けた。それ故、春男の体育の授業は生徒の不評を買った。

二学期の半ば頃に、全生徒を集めた特別講演会が開催された。講演者は本里村出身の実業家で、東京に本社がある浜岡貿易会社の浜岡社長だ。演題は「青春の夢」だった。功成り名遂げた社長を本里村に迎えるということで、本里中学校は一種の祝賀会ムードに包まれ、諸準備に大童《おおわらわ》だった。

講演が終わってから、春男の身に予想もしないことが起こった。

全生徒が下校してから、全教職員とＰＴＡの役員が中講堂に集まることになっていた。赴任して間もない春男は何が何だか分からず、妙に不安になり、胸騒ぎがした。父兄がぞろぞろ中講堂に入って行った。春男は事情が分からず、廊下辺りにうろうろしていた。

「山村先生、山村先生いますか」

宇山教頭が春男を探している。

「は、はーい、ここにいます」

春男は大きな声で言った。

「ああ、よかった。講演が終わったので、帰ってしまったのではないかと思った。小川校長が呼んでいるから、至急校長室に行って下さい」

宇山教頭は、慌てた口調で言った。

「これから何があるんですか。父兄が中講堂に入って行きましたが……」

春男は率直に尋ねた。

「山村先生は何も聞いていないんですか」

宇山教頭は眉間に皺を寄せて言った。

「聞いていません」

春男は心配そうに言った。

「皆、準備に忙しくて、十分な連絡が取れず、申し訳なかった」

「どうして、校長先生がぼくを呼んでいるんですか」

「実はね、浜岡社長が持参したアメリカの教育事情に関するスライドの映写会を開催することになっている。先ほどそのスライドをチェックしてみたら、英語で解説が書かれていた。映画の字幕みたいにね。社長の秘書は英語が得意ではないそうだ」

宇山教頭は早口で一気に喋った。

「先輩の高木先生が通訳して下されば、ぼくがプロジェクターの操作を担当してあげますよ」

春男は事情を察して言った。

「そ、それがだね、高木先生は急用で帰ってしまったのだ」

「それで、ぼくにやれと言うんですか」

「そうだ、先生は理解が早いね」

「宇山教頭、ぼくにぶっつけ本番で通訳をやれと言うんですか。どんな英単語が出てくるか分かりませんからね。自信がありません。中谷先生にお願いしたらどうでしょうか」

春男は心配そうな顔で意見を述べた。

「中谷先生は、山村先生にお願いしてくれと言うんですよ。山村先生が頼みの綱だ。この通りだ」

宇山教頭は両手を合わせて懇願した。春男は観念して、通訳を引き受けることにした。

「宇山先生、ぼくは新参教師です。あまり期待しないで下さい。でも全力を尽くしますので」

春男がそう言うと、宇山教頭はほっとした表情を浮かべた。

「早く校長室に行って下さい。頼りにしているよ」

宇山教頭は春男の肩を軽く叩いて、笑顔を見せた。

春男は早速校長室の前に行って、

「山村春男入ります」

と言った。このような表現の仕方は、旧制中学時代からの習慣だった。

校長室に入ると、小川校長と浜岡社長は長椅子に座って、お茶を飲みながら談笑していた。小川校長は地味なダークグレーの背広を身に着けていたが、浜岡社長は縦縞の濃紺のダブルの背広を上品に着こなし、派手な水玉模様のネクタイを締めていた。浜岡社長は、ゆっくりと立ち上がり、銀縁眼鏡の奥から優しい眼差しを春男に向け、

「浜岡です。よろしく」

と言って右手を差し出した。一瞬、春男はどぎまぎしたが、自分の氏名を告げて固い握

手をした。再び浜岡社長は深々と長椅子に腰を下ろした。小川校長の勧めにしたがって、春男は手前の椅子に座った。小川校長は春男と浜岡社長のほうに交互に視線を向けながら、

「山村教諭、浜岡先生が持参したスライドの英文字幕の通訳をお願いしたい。浜岡先生、山村教諭は二学期から本校に英語の教師として赴任しました。卒業論文の指導者はイギリス人のジョンソン教授だったそうです。本日はスライドの英文解説の通訳をしてもらうことにしました」

と力を込めて言った。

その言葉を聞いて、春男は大きな重圧感に襲われた。

「まだ、内容を見ていないので、自信がありませんが、精一杯頑張ります」

春男は緊張した表情で、頭を下げた。

「山村先生、よろしく頼みます。本日持ってきたスライドは、先生方を初め、父兄の皆さんにも是非見てもらいたいと思っています。アメリカの教育事情や生活文化に関するものです」

浜岡社長は丁重な物腰で言った。

「では、浜岡先生、そろそろまいりましょうか。中講堂がスライドの映写会場になっています。浜岡先生にまずお話をしていただいた後でスライドの映写を始めます」

小川校長は先頭に立って、浜岡社長を中講堂に案内した。春男は背筋を伸ばして、どき

どきしながら浜岡社長の後に付いて行った。

司会進行役の宇山教頭が浜岡社長の略歴を紹介した。浜岡社長は余裕のある動作で会場の演壇に登り、おもむろに頭を下げ、自信に満ちた表情で会場全体を見回してから、話を始めた。

教職員や父兄は、浜岡社長の会社設立の苦心談を興味深く聞き入った。時々、会場から感嘆の声が起こった。大きな拍手喝采を浴びて、浜岡社長の話は終わった。次にスライドの映写が始まった。

第一部のスライドでは、アメリカの教育の発展、小学校・中学校・高校・大学の教育方針や学期制度などが詳しく述べられていた。第二部では、アメリカの年中行事の情景が美しく映写された。スライドの映写はあっと言う間に終わった。春男はスライドを見て、戦後の日本と比較して、アメリカの教育環境の充実ぶりに目を見張り、さらに日常生活の豊かさに驚嘆した。

映写会が終わると、父兄は一斉に外に出てきて、お互いに感想を述べ合っていた。

「何といっても学校の施設が立派だね」

「アメリカと戦争をやっても勝てないはずだ」

「金髪の女の子が可愛いいね。一度アメリカに行ってみたい」

そういう会話が春男の耳に入ってきた。

春男は職員室に戻り、窓を開け、ほっと一息ついて、校庭に目をやった。風に揺れる金木犀の黄色い花が、秋の陽射しに照り映えていた。ひんやりとした、清澄な風が彼の心の重圧を一掃した。

風が強くなり、西日がかげってきた。春男は、自転車に乗り、薄暗い林間道路を通って、家路を急いだ。

十年の月日が流れた。

二学期の放課後、春男は校長室に呼ばれた。自分が受け持っている学級の生徒に、何か問題があったのではないかと思って、不安そうな表情で校長室に入った。

小川校長は椅子に座るように勧めた。

「実は、お願いがあるんだよ。以前講演に来て下さった浜岡社長は、山村先生に長男の家庭教師になっていただきたいとおっしゃった。今、高校の二年生で、山村先生の母校の生徒だ。戦争中、浜岡社長の家族は田舎に疎開し、現在もそこに住んでいる。社長は週末に帰ってくるそうだ。土曜の夕方か日曜の午後がいいと思うが、どうかね。社長のたっての願いだ。科目は英語だけでいい。将来、長男をアメリカに留学させたいと考えている。浜岡社長の家は、山村先生の部落から、自転車で十五分くらいのところにあるんだ」

小川校長の説明を聞き、春男は願っても無い話だと思った。彼自身も資金を蓄えて、アメリカに留学しようと計画を立てているところだ。しかし、一方、胸のうちで弓の練習が疎かになるとも思ってしばし逡巡した。「どうかね」と念を押されたので、意を決して浜岡社長の願いを引き受けることにした。弓の練習は、週日の夕方に行うことができると思った。千載一遇のチャンスだということに気が付いた。高校生に英語を教えれば、「教うるは学ぶの半ばなり」という言葉があるように、春男は自分の留学のための勉強にもなると思った。日曜日の午後二時に、浜岡社長の家を訪れた。この周辺一帯に、敷地の広い豪邸が沢山建っていた。浜岡社長の邸宅は、一際目立った入母屋造りの大きな和風の建築で、前方に手入れの行き届いた日本庭園が広がっていた。数本の寒椿の紅色の花が庭園を彩り、池の周りには石蕗《つわぶき》の黄色い花が咲いていた。

呼び鈴を鳴らすと、和服姿の浜岡夫人がしなやかな足取りで現れ、春男を洋風の応接間に案内した。夫人の顔はふくよかで、他人《ひと》をやさしく労《いたわ》ってくれるような暖かさをたたえていた。すぐに、和服姿の浜岡社長が現れ、ゆっくりと椅子に腰を下ろした。十年も会っていないうちに、社長の頭にはちらほら白いものが覗いていた。

「ご苦労様です。お掛け下さい」

浜岡社長はそう言って、煙草に火を点け、深く吸い込み、ゆっくりと紫色の煙を吐き出した。煙草の箱には横文字が印刷されていた。

「息子をよろしく頼みます」と浜岡社長は言ってから、

「賢一、ここにきて先生に挨拶しなさい」と息子を呼んだ。

頭を丸刈りにした凜々《りり》しい姿の高校生が現れた。

「よろしくお願いします」

賢一は春男に向かってお辞儀をした。

「後で先生とよく教材の打ち合わせをしなさい」と社長が言うと「分かりました」と答えて、自分の部屋に戻った。

「賢一を将来アメリカに留学させたいと思っているのだ。これからは英語が話せなければ仕事にならない。ところで、先生の指導教授はイギリス人だったそうだね。先生、話すほうは達者になっただろう。学生時代に私は英語の原書をだいぶ読んだが、話すほうは不得意だった。英語を話す機会もほとんどなかったからね」

浜岡社長が言い終わった時に、応接間の戸が静かに開き、賢一の姉が紅茶とケーキを盆に載せて現れた。

「いらっしゃいませ。姉の順子です。弟をよろしくお願いします」

順子はそう言って社長の隣の椅子に座った。一瞬、春男は思わず息を呑んだ。順子の端整な目鼻立ちは佐藤直子によく似ていた。しかし、憂いをおびた神秘的な表情は順子独特なものだった。順子は春男の卒業論文の題名や趣味や特技などを尋ねた。春男が弓道の修行中だと言うと、順子は大きな目を輝かせた。

「あら、素敵！　羨ましいわ」

順子は叫ぶように大きな声で言って、間もなく部屋を出て行った。

その日、春男は賢一と英語学習の打ち合わせをし、浜岡夫妻に次の日曜日から本格的な英語のレッスンを始めると伝えて帰った。

家に帰る途中、順子との出会いに、春男の胸は高鳴った。順子は直子の面影を彷彿とさせる女性だった。

春男は家に着くと、畳の上に仰向けに寝そべり、目を閉じた。

春男の脳裏に、順子の姿が写し出されては消えた。順子を求めてはいけないのだろうかと思い、何度も寝返りを打っては悶え苦しんだ。

春男は順子に思いを寄せて熟睡できずに一夜を過ごしたが、翌朝は爽やかに晴れ渡り、空は高く、太陽が眩しく大地を照らし、次第に寒さが和らいできた。

春男は「生徒が待っている」と呟き、青空の下、自転車に乗って林間道路を急いだ。ペダルを踏みながら、何よりも第一に直子の要望を実行するように心がけようと思った。

春男は、英語の家庭教師として、毎日曜の午後に浜岡家を訪れた。教育は教師と生徒の相互理解が不可欠だと思って、春男は賢一とまず意思疎通を図る努力をした。生徒が教師を拒否するような態度は困る。しかし、英語のレッスンを生徒が楽しみに待っているような状況を作り上げることは至難の業であるに違いない。賢一は英語が苦手だという。賢一が教師を心から歓迎してくれるかどうか春男はとても不安だった。

春男は「深田英語特訓クラス」を主宰している深田先生が考案した「深田メソッド」に準拠して、賢一に英語を教える方針を立てた。このメソッドは、英語の組織原理を簡明に整頓して教えることを主眼とする。春男はこのメソッドによれば、どんな複雑な英文でも見事に解明できるし、文法にかなった英文を書くことができるようになると以前から確信していた。

最初、賢一は深田メソッドで学ぶことに抵抗を示し、教科書の予習復習を中心に指導して下さいと懇願してきた。その気持ちも分かるので、春男は予習復習を簡単にすませ、その後で、深田メソッドによって、簡明至極の原則を基にし、教科書に出てくる特定の英文の内容や構造を徹底的に分析する方法を教えた。最初は面倒臭そうに、しぶしぶその指導法に従っていた。ある日、賢一は非常に複雑な英文を和訳するのに難渋していた。しかし、その難しい英文を深田メソッドによって見事に解き明かすことができた。

「分かった、分かった」と爽やかな口調で、賢一は小躍りして喜んだ。それから、賢一は深田メソッドを身に付けるようになって、英文の理解力をさらに向上させることができた。

三年生になってからは、英語の模擬試験で、賢一の成績は上位に伸《の》し上がった。

家庭教師をしてから一年余の月日が流れた。賢一の大学入試が間近に迫っていた。

床の間のある八畳間がレッスンの部屋だった。床の間には、いつも季節にふさわしい生け花があった。

レッスンが終わり、春男は一息つき、しばらく蝋梅の生け花に見蕩《と》れていた。その時に、「失礼します」という声と共に、襖が開いて、順子が盆にお茶と和菓子を載せて現れた。

「山村先生はお花がお好きですの。さっきから、じっと蝋梅の花を見てらっしゃったわね」

「はい、草木が大好きです。だから、中学生の頃には生物の授業が楽しかったのです。秋の七草を押し花にした記憶があります。ぼくはこの部屋で、いつも生け花を楽しませてもらっていました。順子さんが生けたと思っていました」

「あら、それは光栄ですわ。年が明けたら、趣向を凝らしてお正月らしい花を生けましょう」

「楽しみにしています。生け花は立派な日本の文化ですからね」

春男は少し硬くなって答えた。

「同感です。先生は嬉しいことをおっしゃいますね」

「生け花にはいろんな流派があるのでしょう。順子さんは何流ですか?」

「当てて下さい」

「さあ? 姉も生け花の稽古に通っていたことがあります。何となく似てるんです。竹風流だと思います」

「そうです。先生はご趣味が豊かなんですね。弓もやっていらっしゃるんでしょう」

「いやいや。弓のほうはこれからまだ精進しなければならないと思っているんですよ。ところで、ぼくは草木が好きなので、気が付いたのですが、最初こちらにお伺いした時に、立派な日本庭園があるのに驚きました」

「はい、お褒めいただいて有難うございます。これは父の趣味ですわ。私は芝生のあるアメリカのような庭が好きです。広々として胸がすっきりしますので」

順子は優しい笑顔で言った。

「ぼくはフランスの幾何学模様の庭園が好きです」

賢一が急に口を挟んだ。

「賢一はどうしてフランスの庭園を知っているんですか?」

順子は不意を突かれたような表情で尋ねた。

「旅行案内に写真が載っているんですよ」

賢一は素早く笑顔で答えた。

「この家の庭園を眺めていると心が豊かになります。自然を尊ぶ日本の文化が生きている感じがしますね。花や緑が生活の中に融和していると思いました。三木《さんもく》があります」

春男は浜岡家の日本庭園について素直な感想を述べた。

「何ですの。そのサンモクというのは？」

順子が戸惑った様子で尋ねた。

「いや、失礼しました！　これはある人の受け売りなんです。日本庭園になくてはならない三種類の植木のことです。、木斛《もっこく》、黐《もち》の木、木犀《もくせい》」

「そう言われれば確かにあるわ。地味な木ですが、奥深い美しさがあると思います」

そう言ってから、順子は話題を変えた。

「賢一の本年のレッスンが終わりました。先生を囲んだ夕食会を考えています。急な提案で御免なさいね。よろしいかしら？　さあ、賢一、先生を応接室に案内しなさい」

春男は順子の提案にしたがった。

和服姿の浜岡夫妻が応接室に座って寛いでいた。浜岡社長は甘い香りのするパイプタバコを燻《くゆ》らしている。浜岡家四人と春男を交えてのパーティーだった。春男が席に着くと、浜岡社長は手際よくシャンパンの栓を開け、春男と浜岡夫人のグラスに注いだ。その時、順子が夜会服を着て現れた。浜岡社長は「順子も少し飲みなさい」と言って、シャンパンを順子と自分のグラスに少しだけ注いだ。高校生の賢一はコカコーラの瓶の栓を抜いた。春男は賢一のグラスにコカコーラを注いでやった。

浜岡社長は立ち上がり、上機嫌な顔で言った。

「さあ、乾杯しよう。山村先生に感謝し、賢一の成績の向上を祝し、浜岡家の発展を祈り、乾杯！」

浜岡社長は思い切り杯を挙げて文字通り、一気に飲み干した。外国製の派手な絨毯や花模様の縁どりのある楕円形のテーブルは裕福な生活の雰囲気を漂わせていた。春男は別世界にいるような気持ちがして、足下がぐらつき、気が遠くなるような眩暈を覚えた。

今夕のパーティーでは、しなやかな身体をワインカラーのワンピースに包んだ順子が、一際、輝いて見えた。彼女の顔色は透き通るように白い。薄い唇がわずかに腺病質な印象を与えていた。憂いをおびた彼女の深い瞳は、神秘的で不思議なほど美しかった。彼女の豊かな髪が揺れ動く時に垣間見る項《うなじ》の白さに春男は胸をときめかせた。

浜岡夫人が「夢ちゃん、ちょっとこちらへ」と順子に向かって言った。順子は母の隣に座り、二人で何事か楽しそうに話していた。春男は隣に座っていた賢一に、

「順子さんがどうして夢ちゃんなんですか」

と不審に思って尋ねた。

「あっはっは。姉貴のニックネームが夢ちゃんなんですよ。姉貴は竹久夢二の女性の絵のように、寂しそうな、憂鬱そうな顔をしていると言われるんです。それで、友達が夢ちゃ

んと呼ぶようになったんです。子供の頃から病弱で、あまり運動ができず、体育の時間には見学することが多かったんですよ。友達とハイキングにも行けず、運動もできず、いつも孤独だったようです。根は明るいんですけどね。体も本調子ではなく、今のところ大学を休学しているんです」

賢一はそう説明した。

「そのようには見えませんね。それで分かった。ぼくが弓をやっていると言ったら、羨ましい、という返事が返ってきました。何かスポーツをやりたいという願望があるんだと思います。はやくよくなるといいですね」

春男は率直な感想を述べた。順子に関する意外な事実を知って驚いた。彼女は表面は華やかそうに見えても、内面は孤独であり、苦しみや悩みを持っている娘《ひと》だなあ、と春男は感慨深げな面持ちで順子のほうに再び視線を向けた。

一同は別室のテーブルに移動し、ワインを飲み、西洋料理を味わいながら、雑談をしていた。プロのコックが料理を担当していた。

「将来、賢一をアメリカの大学に留学させたいのだが、どこの大学がよいかね」

突然、浜岡社長は春男に尋ねた。

「難しい質問ですね。できれば、東部の伝統のあるアイビーリーグがよいと思います」

春男はそう答えた。浜岡社長は落ち着いた表情で頷いた。

「ぼくはフランスの大学に留学したい」

賢一は明るい表情で言った。

「先ほどね、山村先生が浜岡家の日本庭園の話をしていました。急に、賢一はフランスの幾何学模様の庭園が好きだ、と言い出したのよ。フランスが気に入っているらしいの」

順子は歯切れのいい口調で言った。

「何と言ってもアメリカの大学がよい。特に山村先生がおっしゃったアメリカ東部のアイビーリーグの教授陣容は充実しており、教育環境も素晴らしいと聞いている。アメリカ留学後にフランスに行く機会もあるだろう。どう思うかね、山村先生」

浜岡社長は春男のほうに眼差しを向けて自信を持って言った。

「同感です。人文科学関係ならフランスの大学のほうが優れていますが、将来、賢一君が社長の後継者になるためには、アメリカの大学がよいと思います。戦後、政治・経済の両面にわたって、日本とアメリカは深い絆で結ばれていますからね。実は、私事ですが、来年の九月にアメリカに留学する予定です。給費留学生の試験に合格しました。来春、正式に決定されると思います」

「おめでとう。留学した折に、賢一の留学先を探して下さい」

浜岡社長は即座に言った。

夕食後、一同はお茶を飲み、寛いで楽しいひと時を過ごした。

浜岡社長は春男に折り入って相談したいことがあると言って、話の場を応接室に移した。浜岡社長は春男に椅子に座るように勧め、自分は向かいの席にゆっくりと身を沈めて、煙草を吸い、煙を天井のほうへ吹き上げた。浜岡社長は相談の内容を打ち明けた。

「山村先生を見込んで相談したいのだが、実は私の会社に経営文化研究所を創設したいと考えている。これからの日本の会社では、外国の会社の経営戦略を学ぶ必要がある。しかし、単に経営のノーハウだけではなく、経営の基盤となっている外国文化と日本文化の相違を比較研究することが大切だと思う。そこで、山村先生が首尾よく留学できたら、帰国後に我が社の新設研究所の所長になってもらいたい。できれば、英文学ではなく、経営とか比較文化に関する研究をしていただくと有り難いんだが。重要な将来の進路について、無理な注文をつけて失礼なんだがね」

「実は、ぼくも純粋な英文学研究ではなく、角度を変えて、比較文明学とか日米比較文化論などを専攻したいと思っていました。経営学プロパーは無理かもしれませんが」

春男は持論を述べた。

「日米比較文化の研究が我が社の研究所のテーマに合致している。アメリカを中心にして、世界各国と取り引きをしているからね。会社経営には比較文化の視点が大切だ。山村先生、留学が決まってからもう一度じっくりこの計画の案を練ろう」

二人の話は友好的に進んで行った。

浜岡社長は春男と握手をして再会を誓った。春男は浜岡社長の会社の研究所で骨を埋めるつもりになっていた。

日が暮れ、急に雨が降り出した。春男は傘を借りて、玄関に出た。順子と賢一が玄関まで見送りにきてくれた。順子は右手を出して、笑顔で春男に握手を求めた。浜岡家の挨拶はもうアメリカ式になっていた。春男が「夢ちゃん、どうぞよい新年を」と言って、右手を差し出して、順子のしなやかな色白の手を強く握り締めると、彼女も力を入れて応じた。二人はしばらく手を握り締めたままだった。彼女は柔和な笑顔で尋ねた。

「山村先生、夢ちゃんという呼び名をどうして知っているの?」

「だって、さっき浜岡夫人がそう呼んでいるのを聞いちゃったんですよ」

「あら、恥ずかしいわ。でも、私はこの呼び名が好きなの。これから、そう呼んでいいわよ。来年はアメリカ留学ですね。羨ましいわ。賢一と一緒に後から追いかけて行きます。本気よ。ニューヨークの自由の女神像が見たいの。案内して頂戴!」

「分かった。お身体を大切にね。メリー・クリスマス! ハッピー・ニュー・イヤー!」

春男は大きな声で言って、浜岡家を後にした。順子は、春男が道路の角を曲がるまで見送ってくれた。冬の寒気の中を、傘をさして歩きながら、順子の憂いをおびた優雅な瞳を思い浮かべていた。夢を見ているような楽しい気分だった。

明くる年、昭和三十九年三月、春男のアメリカ留学が決定された。九月から三ヵ月間、春男は中西部の大学で英語の集中授業を受け、その後で、西海岸の大学の大学院比較文学研究科に留学する予定だった。主専攻は比較文学だが、在学中にはできるだけ、比較文化や経営文化のような科目を聴講するつもりでいた。

折しも、春男は一通の速達便を受け取った。差出人は浜岡賢一だった。賢一が東京の東明大学に合格したという知らせだ。春男は家庭教師の責任を果たすことができたし、自分の目標とするアメリカ留学も実現できると思って心が躍った。これまで努力した甲斐があったと実感した。

春男は浜岡社長に手紙を書いた。その中で、賢一の大学合格の祝意を述べ、さらに自分のアメリカ留学の決定を伝えた。数日たって、浜岡社長から手紙を受け取った。その中で、浜岡社長は、賢一の大学合格は、春男のお陰だと喜び、その上、アメリカ留学決定を嬉しく思うと述べていた。そして、経営文化研究所の件について、膝を交えて相談したいので、一度会社に来てほしいという添え書きをしたためていた。

春男は本里中学校の校長に相談して、一日休暇をとった。指定された日に、東京の千代田区の浜岡貿易会社を訪れた。この会社には旧館と新館があった。旧館はネオゴシック様式の建築だった。社長室は旧館の二階の中央にあった。受付で来意を告げると、紺色の制服を着た若い受付嬢がすぐに社長室に案内してくれた。

社長室は天井が高く、燦然と輝くシャンデリアが下がっていた。室内には豪華なソファーとテーブルが並べられ、サイドテーブルには社長の威厳を象徴するかのように五葉松の盆栽が置かれてあった。

紺のダブルの背広を身に着けた浜岡社長は、おもむろに立ち上がり、「待っていたぞ」と言って、笑顔で握手を求めた。春男は浜岡社長と向かい合って椅子に座り、

「折り入って申し上げたいことがあります」

と早速言った。

「今日はじっくり話し合おう。遠慮しないで何でも話してくれ」

浜岡社長はそう言って、煙草に火を点け、体を乗り出してきた。春男は、度量の大きい浜岡社長に、意を決して自分の胸のうちを述べた。

「まず、留学の第一の目標は比較文学・比較文化の研究ですが、留学後、御社の研究所に採用していただけるということですので、経営学の講義も受講し、さらに経営文化の比較研究をしてみたいと思っています。浜岡社長の前でおこがましい話ですが、待望される経営者とはどういう人物か、というようなことも学んでくるつもりです。また、現代ビジネスにおける商談の基本とは何か、外国人を迎える際の心得、というようなことも研究すると面白いと思っています」

春男はこのように自分の目標について語っている時に、腹の底から不思議なほど充実感と自信が湧き上がってくるのを感じた。

浜岡社長は煙草を灰皿でもみ消し、さらに次の煙草に火を点け、膝を進めて、銀縁眼鏡の奥から春男を見詰めて「まったく同感だ」と言い、第二の目標について尋ねた。

その時、春男の心の奥底で、浜岡社長に対する親密感が益々増してきた。しばらく沈黙した後で、春男は、

「浜岡社長、実はこの話は男として言いにくいことなのです。誰にも明かせぬ胸のうちを申し上げます。ぼくと浜岡社長との間の話にしておいて下さい。男と男の約束です」

と緊張した顔で言った。

「山村先生は面白いことを言う。気に入った。分かった。私一人の胸にたたんでおこう。男と男の約束だ」

浜岡社長は興奮し、熱意を込めて言った。

「浜岡社長もご存知の通り、ぼくの顔には傷痕があります。小学校の頃に草刈りに行った帰りに、転んで鎌で切ってしまったのです。祖母は〈かまいたち〉ではないかと言っていました。無傷で産んだのに、顔に傷痕をつけてしまって親不孝だ、と母に叱られました。ですから、絶えず人の目を気にするようになり、人前に出ると気後れがして、つい脅えてしまうのです。それで、心身の鍛錬のために弓道で修行を積み、現在参段の段位を持ってい

ます」

春男はこのように自らの心情を吐露した。

浜岡社長は春男の話に耳を傾け、考え込むような表情で頷き、手にしていた茶碗をテーブルの上に置き、深く息を吸った。

「その気持ちはよく分かる。しかし、先生は立派に教師を務めていらっしゃる。生徒からも慕われていると聞く。そんなに深刻に考えないほうがよいと思うがね」

浜岡社長は春男を思いやるような口調で言った。

「はい、分かっています。実は、ぼくには交際していた女性がいました。看護婦です。不幸にも病死しました。死に際に、形成外科の医師を紹介してくれたのです。ぼくはアメリカの大学で研究の成果を上げてから、帰国前に、ニューヨークの病院で傷痕の修復手術を受けるつもりです。平山医師が手術を担当してくれることになっています。イギリスの形成外科の開拓者ギリース博士の門下生がアメリカの東部で医療活動を続けているそうです。そのうちの一人であるアメリカ人のルビン医師と共に、日本人の平山医師は形成外科学の研究に尽力してきました。ぼくは平山医師から修復手術を受け、心身共に自己改造をする覚悟です。この世で一度の人生です。母の思いに報いたいのです。これがぼくの留学中の第二の目標なのです」

今まで心の深いところに溜まっていたものを一気に吐き出すように春男は早口で喋った。

「ほう、分かった。山村先生、よくぞそこまで言ってくれた。その第二の目標を達成することを祈っているよ。ところで、先生は給費生として留学すると言っていたね。失礼だがどんな条件で？」

「授業料は全額免除です。生活費と形成外科の手術代は今まで働いて蓄えました」

「うーむ。先生は着々と準備を進めていたのだね。人間は常に目標を持つことが大切だ。これからは国際交流が盛んになってくると思う。我が社でも、国際交流奨学金制度を確立したいと考えているところだ。山村先生に適用できるかどうか、これから検討しようと思う。先生の留学は九月からだね。それまで数ヵ月あるが、どうするのだね」

「一学期間は本里中学校で英語を教えます」

「それはよかった。今日はわざわざ来ていただいて有難う。お礼を言うのを忘れていた。賢一の大学合格はほんとうに先生のお陰だ。感謝している。お彼岸が過ぎて日が長くなったが、もう夕暮れも近い。実は先生と賢一の祝いを兼ねて夕食会の席を今日予約しておいた。これから一緒に行こう。家族がそこで待っている筈だ」と社長は急に言い出した。

上機嫌の社長は、明るい笑顔で、春男の肩を軽く叩いて励ました。春男は昨年の暮れの夕食会の情景を思い出していた。ワインカラーのワンピースに身を包んだ順子のすんなりとした身体と憂いをおびた顔が、一瞬、春男の瞼《まぶた》に甦ってきた。春男は浜岡社長の車の中で甘美な思いに浸った。

車は上野公園の近くの料亭の前で止まった。早速、浜岡社長と春男は座敷に案内された。控え室の奥の方からベージュ色のワンピースをまとった順子が春男の期待通りに、憂いをおびた顔を、精一杯綻ばせて現れた。やや遅れて洋装姿の社長夫人が賢一を連れて、春男に「ご苦労さまです」と挨拶しながら入ってきた。社長がテーブルの中央に座り、御満悦の表情で家族一同を迎えた。浜岡社長の両隣に春男と賢一が座った。受験勉強から解放された賢一は、すっかり寛いで、絶えず笑っていた。大学の講義よりもクラブ活動に興味があるらしく、賢一は陽気な声で写真部に入りたいがどうか、と隣席の順子の意見を聞いていた。

浜岡社長は、皆が座席に着いて、めいめいがビールやコカコーラを注いだことを確認してから、

「山村先生のアメリカ留学と賢一の大学合格を祝して乾杯したいと思います。杯を高く挙げてご唱和下さい。乾杯!」

と音頭を取った。

春男はこのような上等な会席料理を食べるのは生まれて初めてだった。

浜岡社長は春男にビールを注ぎながら、

「賢一は一段落したが、短大の食物科に在学中の順子が心配の種になっていましてね」

と嘆息した。その後で、

「順子は病弱で、現在、休学中だが、最近やっと健康を取りもどしてきましたよ」

と言った時に、浜岡社長の思案顔が少し和《やわ》らいできた。浜岡社長は春男を自分の近くに引き寄せて、

「山村先生、順子は家に閉じこもってばかりいるので、気分転換のために英語を教えていただけないかね。先生は九月から留学することになっているからね。それまでの数カ月間だけでいい。それに、健康のためにも田舎で外気に触れる機会も与えてやりたいのだ」

と切々と訴えた。

「ビジネス英語はどうでしょうか。ぼくも精一杯一緒に勉強することにしますよ。そうすれば、将来、お嬢さんが会社の仕事を手伝うことが出来るようになると思います」

春男は簡明に自分の気持ちを述べた。

「ビジネス英語だね。それはいい考えだ。先生、では頼みましたぞ」

浜岡社長は春男の意見に同意して、順子を近くに呼んだ。

「何かご用ですか？　お父さま」

順子は優しく微笑んで父の前に座った。

「順子、ビジネス英語を教えてもらうように、山村先生にお願いしておいたよ」

「あら、ほんとうですか」

「そうだ」

「光栄だわ。よろしくお願いします」

順子は嬉しそうに春男に向かって言った。

「こちらこそよろしくお願いします」

春男は責任の重さを痛感しながらも、親しみを込めて優しく答えた。その瞬間、甘美な悦びが体一杯に溢れてきた。

夕食会は最高潮に達したところでお開きになった。浜岡社長の家族は東京の別邸に泊まることになった。春男はほろ酔い機嫌で汽車に乗って石橋駅に向かった。


春男は、一週間に一回、日曜日の午後、順子にビジネス英語を教えることになった。二人が使用するテキストの中には「初対面の外国ビジネスマンとの話し方」や「国際ビジネスマンの心得」などの解説が詳細に英語で書かれていた。

四月上旬、春男はビジネス英語のテキストを小脇に抱えて、浜岡家を訪れた。レッスンは、床の間のある座敷で行われた。順子は紺色のワンピースをまとい、「いらっしゃいませ」と挨拶し、紅茶とビスケットを盆に載せて部屋に入ってきた。彼女はにこやかな笑みを浮かべることを決して忘れなかった。この表情は、上流家庭に育ったお嬢さんの習性だろうと春男は思った。浜岡社長のお嬢さんという意識があって、レッスンを始める前に、彼は妙に緊張してしまうのだった。彼女は憂いをおびた目でじっと春男を見詰めていたが、やがて、顔をぽっと赤らめて「先生、よろしくお願いします」と言った。

しばらくしてから、春男の気持ちはやっと落ち着いてきた。

「今日は、ビジネスで重要と思われるアメリカ人のエチケットについて話したいと思います。アメリカ留学に先立って、パーティーの心得やランデブーと結婚などについて、ぼくが調べたことを述べます。どちらから始めましょうか」

春男は穏やかな口調で尋ねた。

「もちろん、ランデブーと結婚のほうに興味があるわ。そちらにして頂戴」

順子は間髪を入れずに笑顔で答えた。

「分かった。そこでね、順子さんに質問があります。アメリカではランデブーの時、支払いは男性なのか、女性なのか、あるいは割り勘なのか、どっちだと思います？　アメリカでは、ランデブーのことをデートと言っています」

「さあね。日本では男性が支払いをしますよね。民主主義の国、アメリカでは割り勘だと思うわ。どうかしら」

「そう思うでしょう。それがね、順子さん、デートの時には、乗り物、飲食、観劇などはたいてい男性が支払いをするようです」

「あら、意外だわ」

「つまりね、女性はドレスやアクセサリーにお金を使い、綺麗な衣裳を身に着けて男性の目を楽しませてくれます。だから、せめてデートの費用は男性が持つという訳なんです。だが、だんだん慣れてくれば割り勘にするようですがね」

「よく分かったわ」

「デートはグループデート、ダブルデート、シングルデートの三段階に分類されます。少年少女が同数でパーティーを催したり、ピクニックに行ったりすることがあります。これがグループデート。高校生などが、男女二組四人でデートをすることがあります。これがダブルデート。高校の上級生や大学生になると、男女一組のデートが多くなります。これがシングルデートです」

「面白いわね。私も一度アメリカに行ってみたいわ」

「順子さん、デートの申し込みは土曜日などにしては駄目なんですよ」

「どうして？」

「デートの申し込みは、四、五日前にします。土曜日にデートの申し込みをするのは失礼です。かりに土曜日が空いていても、相手の女性は先約があるからと言って断るでしょう」

「おかしいわね」

「つまり、週末までデートの申し込みがなかったと思われたくないんですよ」

「よーく分かりました。女性のプライドが許さない訳ね。アメリカは面白い国だわ。山村先生はよく知っておられますね。九月からアメリカ留学ですってね。羨ましいわ」

その後、数秒間、沈黙が続いた。春男は紅茶の残りを一息に飲み干して、勇を鼓して言った。

「ところで、順子さん、次の日曜日、シングルデートの申し込みをしたいのですが」

「あら、アメリカ式デートの申し込みですね。分かったわ」

順子は何の躊躇もなく、嬉しそうに同意した。浜岡社長が春男に、健康のために順子を外に連れ出してほしいと頼んでいたことを知っていたのだ。

その後で、デートの際の男性の心得や女性の心得、アメリカの結婚式などについて春男は解説した。パーティーの心得については次回に話すことにして、初日のレッスンは終わった。

帰り際に、浜岡夫人と順子が玄関で春男を見送った。

春男はデートの場所を宇都宮の日光街道桜並木に決めた。観桜のデートをしたいという順子のたっての願いを受け入れたからだった。日曜日には、桜の花が満開になるだろうと新聞は報じていた。

春男と順子とのデートのことを母が知れば、さぞかし気をもむことだろう。順子の家庭教師になったことを、母にだけは率直に堂々と知らせておいたほうがよかったのではないか、と後悔した。日光街道桜並木には、宇都宮近郷の人々が数多く花見にやって来る。二人は誰か知り合いに見られることもあるだろう。母に知られたらどのように弁解したらよいだろうか、と思い煩って、春男は一抹の不安に駆られるのだった。

春たけなわの四月中旬、春男は躍る心を抑えて、宇都宮の駅前で順子を待った。幸い天気がよく、行楽日和だった。順子は紺のワンピースを着て、駅の待合室から軽快な足取りで現れた。憂いをおびた表情から暗さが消え、その顔つきは生き生きとしていた。髪の毛が暖かい春の微風に揺れている。順子は紅色の風呂敷包みを右腕に抱えていた。

「やあ、待っていましたよ。雨だったらどうしようかと思った。天気予報はあまりよくなかったからね」

春男は安堵の気持ちを述べた。

「上天気ですね。日頃の先生の行いがよいからですわ」

順子は快活な声を出して笑った。このように笑うのは珍しいことだった。今日一日、春男は彼女に付き添って守り役に徹する覚悟だった。病弱な彼女を宇都宮まで連れ出すのをとても心配していたのだ。

「その風呂敷包みはぼくが持ちます。重そうだからね」

春男は男気を発揮して言った。

「これは稲荷鮨とおかずです。丘の上の公園で一緒に食べるのを楽しみにしていますのよ。

小学生の頃の遠足を思い出すわ」

そう言って、順子はにっこりと笑った。

「有難う。ぼくは何も持ってこなくて御免ね。どこか食堂で昼食を食べようと思っていたので」

春男は風呂敷包みを受け取った。

二人は駅前からバスに乗り、二荒山神社前で下車した。春男は自分が先にバスから降りて、順子に軽く手を貸してあげた。男性は車道側、女性は内側を歩くように心がけた。神社の階段の前に来た。春男は軽く順子の肘《ひじ》を支えて階段を登って行った。順子の微かな息遣いと甘い香水の匂いを感じ取り、春男はとても幸福な気持ちがした。

最後の階段を登り切ったところで、順子の肘から手を離した。

「やっと神社までたどり着きましたよ」

春男は一息してからそう言った。

「先生は、先日お話をされたデートの際の〈男性の心得〉の通りの行動をしましたね。おかしくてたまらなかったわ。私が実験台になった訳ね」

順子は無邪気な悪戯っぽい笑みを浮かべた。

神社の周辺の桜は満開だった。二人は桜の木々の間から、人通りの多い、賑やかな街を見下ろした。陽射しは暖かく、上空には白い千切れ雲が浮かんでいた。男体山の麓のほうは茫漠たる霞に覆われていた。

二人は桜木の多い丘に向かって登って行った。途中、八幡宮の近辺は、人の波でごった返していた。家族連れが多かった。子供たちは、はしゃいで、大声を出して飛び回っていた。

二人は丘の中腹の人通りの少ない芝生の上に座り、稲荷鮨やお煮染めを食べながら、幸福一杯の気持ちに浸りながら咲き匂う満開の桜を眺めた。

「見事なもんですね。ほとんどが染井吉野だと思います。葉より花が先に咲くということで人気を呼んでいるんです。しかも、咲き振りが華麗ですよ」

春男は桜に見蕩《と》れていた。

「今が真っ盛りですわ。よーく見ると、淡い紅色ですね」

順子は低い枝の花びらを見詰めて言った。

「染井吉野は淡紅色だが、その他に白色、紅色、紅紫色、黄色の桜もあります」

「私も黄色の桜を見たことがあるわ。桜湯に使われる八重桜は紅紫色ですね。桜餅を包む葉は大島桜の葉です」

「よく御存じですね。そう言えば、順子さんは食物科の才媛だからね」

「有難う。恐れ入ります」と言って、彼女は恥ずかしそうに笑った。

「ひと休みしたら、次に日光街道桜並木に行ってみましょうよ。花期の長い山桜が沢山あります」

「ここでもう少し散策してから、日光街道に行きましょう」

「ところで、だいぶ歩いたようです。疲れていない？　順子さん、大丈夫？」

「先生がいるから心配ありません。今日来てよかったわ。月末には散ってしまうでしょう。儚いものですわね」

順子は潤んだ目を春男のほうに向けてしみじみと語った。

「そうですね。桜の花は短期間で散ってしまいます。それで、戦時中、桜の花は『同期の桜』の歌詞のように、帝国軍人の死に際の潔さと結びつけられてしまいました」

春男は静かにその歌を口ずさんでから、「美しい桜の花が軍国主義に利用されてしまったのです」と言った。

「不幸な時代でしたね。でも、桜は多くの苦難に耐えて生き抜き、このように美しく咲き誇っていますわ」

「順子さんはいいことを言うね。その通りですよ」

二人が前方の桜の花を眺めていると、花びらがそよ風に乗って、二つ、三つひらひらと、舞い落ちてきた。

「では、先生、山桜を見に行きましょう」

そう言って順子は重箱を風呂敷に包んだ。二人は元気に立ち上がった。

二人は戸祭町の日光街道までバスに乗って行った。日光街道沿いの桜並木は、端から端まで約十六キロの長さだ。大木の山桜が豪華に咲いていた。大勢の老若男女が、頭上の桜を見上げて、次々と感嘆の声を上げている。お互いにはぐれないように、春男は絶えず順子に視線を向けながら花見を楽しんだ。順子は「すごいわ、すごいわ」と何度も叫び、心から喜んで春男の腕にしがみついてきた。春男はまるで夢を見ているような気分だった。

春男は五月に入ってから忙しくなってきた。留学ビザ申請のためにアメリカ大使館に行った。その帰途、新橋の近くの病院を訪ねて、エックス線写真の撮影や破傷風の予防注射をするための予約をした。土曜日の午後は弓の修行に出かけた。弓を始めてから心身ともに充実してきた。

五月のある日、春男が勤めを終えて帰ってきた時に、姉が少し厳しい顔をして近づいて来て、母が呼んでいると言った。

母は夕食の支度をしていたが、手を休めて春男を奥座敷に連れて行った。そこは重大な話をする場所だった。春男は異様な不安に駆られた。母の落ち着かない素振りから判断して、先日、宇都宮に花見に行ったことが母に分かってしまったと思った。

「春ちゃん、この間の日曜日に宇都宮に行ったでしょう。裏の家の一夫さんの話によれば、春ちゃんが浜岡社長のお嬢さんと一緒に日光街道で花見をしていたという。ほんとうなの？」

母は厳しく問い詰めた。

「ほんとうだよ。母さんに話そう、話そうと思いながら、つい言いそびれてしまった。浜岡社長に頼まれて、健康のためにお嬢さんを外へ連れ出してあげたんだよ」

平静を装って言ったが、春男はこれまで心配していたことが現実のものとなったと実感した。

「ほんとうにそれだけなの？　まさか、浜岡社長のお嬢さんと結婚しようなどとは思っていないでしょうね。そんな事は出来ないことよ。それに、お嬢さんは生まれつき虚弱体質だというじゃないの」

「そうだ。病弱なんだよ。今、大学を休学している。それで、勉学がおろそかになるといけないので、ぼくが日曜日に家庭教師をすることになったのだよ。留学後に、浜岡社長の肝《きも》いりで新設の経営文化研究所の所長になることになっている。だから、恩義を感じているんだよ」

「そういう事情があるの。ちっとも知らなかった。坊ちゃんのほうは大学に入ったからもう教えなくていいのね」

「もういいんだ。でも、時々、英語の宿題を見てあげることになっている。最近、お嬢さんの健康が回復してきたようだ。順子という名前だよ」

「うーむ。家庭で教えるのならいいが、外に連れ出さないほうがいいよ。世間の口が煩いからね。春ちゃんが見合いをする場合に、変な噂が立ったら困るからね。ねえ、分かるでしょう」

「分かった。約束するよ」

春男はとても困難な局面にぶつかったと思った。確かに、田舎は狭い社会だ。噂が広まって、とんだ事になることもある。浜岡社長に、健康のために順子を外に連れ出してくれと頼まれた以上、その約束を守らなければならない。今、母に「約束する」と言った以上、母との約束も守らなければならない。春男は、浜岡社長との約束を守るためには、田舎の人の目の届かない東京に順子を連れ出すほかないと思った。母の顔を立てれば浜岡社長の顔が立たず、浜岡社長の顔を立てれば母の顔が立たず、という心境だった。

母は腹の奥から引き出すような低い声で、春男の腕を掴みながら言った。

「春ちゃん、ある人を頼んで浜岡家のことを調べてもらった。代々、あの家系には病人が多い。社長の弟は専務とか何とかという役職についていた。重役だったんでしょうね。その人が病気を苦にして鉄道自殺をしたのよ。春ちゃんが怪我をする前の年だった。小学生の頃だね。それからね、順子さんの姉さんが若死にしている。女学生の頃でしょう。だからね、春ちゃん、浜岡社長に何と言われても、順子さんとは結婚しないようにね。もっとも、家の格が違う。百姓の息子と浜岡社長の娘では釣り合いが取れない。それで、順子さんは胸を患っているの？　何の病気なの？」

母は真剣な眼差しで、春男に執拗に問いかけてきた。

「それは……ぼくにも……」

春男は言い淀んだ。

「まさか肺結核ではないでしょうね」

母は不安と恐怖の入り交じった顔つきで尋ねた。

「そうじゃない。その心配はない」

春男は即座に否定した。順子が肺結核に罹っているのではないということだけは、インスピレーションで感じ取っていた。

「病名は何？」

母は引き下がらなかった。

「分からないよ」

「そうかね、春ちゃんにも分からないのかい」

母は心配そうな面持ちで言った。やがて、母は夕闇の迫った庭のほうに目を向けて呟いた。

「鼻の手術でお世話になった看護婦の直子さんはいい娘《こ》だった。丈夫そうだったが、人は見かけによらないね。胃癌で亡くなってしまうとはね。気の毒なことをした。でも、病気ではしょうがないわね。順子さんも病弱だから、心配しているの。分かるでしょう」

その時、姉が襖を開けて、夕食の支度が出来たと言った。母は「すぐ行くよ」と言ってから、やっと明るい顔になり、やさしい声で末っ子春男への思いを吐露した。

「ねえ、春ちゃん、アメリカの形成外科で修復手術をすると、顔の傷痕が消えてしまうの？　ほんとうなの？」

「大体九十パーセント修復できる。そう願っている」

春男は明るい顔で答えた。

「分かったわ。嬉しいね。春ちゃんが帰国するまでに見合いの相手を探しておくよ。丈夫な娘《こ》をね」

「母さんにはいつも感謝している。英語ができる女性がいいね。一緒に外国に行く機会もあるしね」

「うーむ。当節は田舎でも、そういう娘《こ》もいると思うわ」

「母さんの眼鏡にかなった女性なら、きっとぼくも気に入ると思うよ」

春男がそう言うと、母は満面に悦びの表情を浮かべ、「春ちゃん、まかせておきなよ」と言って、にこっと笑った。

五

昭和三十九年九月下旬の夕方、山村春男は羽田空港に到着し、航空会社のチェック・イン・カウンターで搭乗手続きを済ませ、身の回り品を入れたバックと胸部X線写真を手に持って、見送りに来た人たちのいるロビーに姿を現した。その時、そこで談笑していた春男の父母、姉、兄、友達、さらに浜岡順子と賢一らが、一斉に春男のほうに視線を注いだ。

最初に、母が「春ちゃん、いよいよ出発だね。体に気を付けるんだよ」と言うと、皆が「元気でね、頑張れよ」と春男に向かって口々に言った。

春男は皆に挨拶して回った。

「先生、どうぞこれをお持ち下さい」

順子はそう言って春男にお守りを渡した。春男が感謝の言葉を述べた後で、順子は「ちょっと失礼します」と言って、春男の父母に挨拶に行った。母は笑顔で親しそうに順子と話していた。その光景を見て、春男は胸のつかえが取れたかのように、すっきりとした気持ちになった。

順子は長い髪の毛を上品に結い上げ、クリーム色の綿のブラウスに、紺色のロングスカートを穿いていた。流行を追って奇抜な格好をしたりせず、普通の服装をしていたが、順子は容姿に気品があって、いつ見ても良家のお嬢さんという感じがした。

別れ際に、順子は「お元気でね。賢一と一緒に後から追いかけて行きます」と小さな声で言った。一瞬、春男は胸がどきりとしたが、やがて甘美な気持ちに浸るのだった。

春男は飛行機の座席に着いて目を閉じた。

——母は順子と親しそうに話をしていた。あの時、順子を気に入ったのではないか。「順」という字には、「すなお」という意味がある。「名は体を表す」と言うが、順子は文字通り「すなお」な女性だ。ひねくれたところがない。母は順子が「すなお」な女性だということを認識したのではないか。だが、順子が病弱だということを心配しているに違いない。空港のロビーで、順子は元気そうに見えた。次第に健康が回復してきたのだろう。ところで、もっと重大なことがある。順子は、春男をどう思っているのだろうか。好意を寄せているように思われる。そうでなければ、春男を追ってアメリカまで来ることはないだろう。順子は神秘的な女性だ。春男には順子の心奥がまだ分からない。浜岡社長は順子の健康を心配している。アメリカ旅行は無理なのではないか。順子はいつも憂鬱そうな表情を浮かべているが、賢一が言っていたように、根は明るい性格の女性なのだ。

一瞬、春男の瞑想は中断した。急に飛行機の中が明るくなったからだ。乗客のテーブルに、スチュワーデスが機内食を運び始めた。

飛行機はハワイのホノルル空港に到着した。春男は空港で入国の手続きを済ませ、サンフランシスコ経由でデトロイトに着き、そこからは、グレイハウンドのバスで中西部の州立大学に向かう予定だった。

午後一時頃、サンフランシスコ空港に到着した。デトロイト行きの飛行機に搭乗するまで、二時間ほどの時間があった。春男は、飛行機の外に出て、解放感を味わった。妙に空腹を感じて、空港の搭乗口周辺の比較的広いレストランに入った。ここは外国人が非常に多く、日本人は自分一人だと思った。ふと、外国人は自分なのだ、ということに気が付いた。日本のように、店頭にメニューのサンプルが並べられていないので、何を食べたらよいのか見当がつかなかった。ウェートレスが近づいてきて、テーブルの前に立った。考える間もなく、「隣の人と同じもの」と言ってしまった。ウェートレスは怪訝な顔で、「オーケー、サー」と言って立ち去って行った。間もなく料理が運ばれた。夢中で空腹を満たした。おいしかったのかどうかよく覚えていない。次のチップのことが気に掛かっていたからである。さて、チップをどうするか迷った。気を落ち着けて、春男は出発の前に読んだ『アメリカ生活の心得』の内容を逐一思い出した。——テーブルに純白のテーブルクロスが置いてあり、本格的なナプキンが用意されている高級なレストランでは十五パーセント、ランチカウンターやドラッグストアなら十パーセントくらい、カフェテリアのようなセルフサービスの食堂ではチップは不必要……。

春男はその原則にしたがって、チップをテーブルの上に置いた。アメリカは合理的な国だと聞いていたが、チップという習慣は煩わしい、とこの国に足を踏み入れた初っ端から実感した。しかし、「郷に入っては郷に従え」という諺の通り、春男ははやくアメリカの生活に慣れようと心に決めた。


アメリカの国内線の旅客機で、春男はデトロイトに向かった。夏休みも終わり、季節はずれのせいか、機内には空席が目立っていた。窓際の席に座った。ぱっちりした目の金髪のスチュワーデスが近づいてきて、どんな飲み物がよいかと尋ねた。「コカコーラ」と答えて、すぐに値段を聞いた。「ナッシング」という答えが返ってきた。「無料」のことをこんなふうに言うのか、と思って勉強になった。持参できるドルが限られていたので、いつも値段のことを気にしていた。機外の風景を眺めながら、やっと念願がかなって憧れのアメリカにやって来たんだと思い、春男は嬉しい気持ちになって胸をわくわくさせていた。ちょうどその時に、スチュワーデスが来て、テーブルの上にコカコーラの缶を置いた。春男は機内バッグから絹のスカーフを取り出して、

「プレゼントです」

と彼女に言った。

「そんな必要はないのよ」と言って、彼女はいくぶん逡巡していたが、少し間を置いてから「有り難くいただきます」と言って受け取り、その場でスカーフを首に巻いて明るい笑顔を見せた。彼女はいったん搭乗員室に戻ってから、再び姿を現し、春男にキャンディを渡して、隣の座席に座った。刺激の強い香水の匂いが漂った。これがアメリカの匂いだ、と春男は実感した。上天気だったので、窓の外の視界は遠くまで広がっていた。

「ロッキー山脈が近づいてきました」

彼女は右手を伸ばして窓の外を見下ろしながら言った。

彼女の指先のほうには険しい山並みが続いていた。

「アメリカの大自然は美しい」

春男は感激して、眼下の雄大な光景を眺めて言った。

「有難うございます。ほんとうにそう思います。この飛行機の到着地デトロイトは、セントクレア湖に面した工業都市です。自動車製造の中心地で、リンカーン、キャディラック、クライスラーなどが生産されています。自動車工場は一見の価値があります。グッドラック！」

彼女はそう言って立ち去った。

デトロイト空港に到着してから、グレイハウンドの長距離バスに乗って、春男は中西部の州立大学に向かった。途中、車窓から田園風景を眺めた。春男が大学前のバスの停留所で下車すると、学生寮の委員をしているスミスが待っていた。春男は入寮手続きを済ませ、フリーマンホールの四階の部屋に落ち着いた。ルームメートは農学専攻のフィリッピンの留学生だった。

翌朝、春男は英語研修所長のミラー教授に面会し、受講科目の相談をした。

「これから組分け試験を行う」

ミラー教授はそう言って、春男を試験室に連れて行った。

春男はすぐに試験を受けた。ミラー教授は試験の採点後、春男に「E組に入って授業を受けなさい」と言った。

受講科目は、英語文型演習A・B、英語発音練習、英文法、ディスカッション、英作文などだった。春男は時間割と教科書一覧表に目を通し、空いている時間に、アメリカ文化に関する大学院の講義を受講したいとミラー教授に申し出た。

「全米でも名高いトムソン教授の授業を聴講生として受けたらどうかね。ただし、人気があって、いつも受講者が教室に溢れている。是非、受講したいという熱意があるなら、君がトムソン教授に会って、直談判《じかだんぱん》しなさい。教授の研究室はこの建物の二階にある」

春男はミラー教授の提案にしたがった。

トムソン教授は、春男が聴講生として受講することをすぐに許可してくれた。講義の題目は「アメリカ社会の歴史」だった。この講義には「アメリカの自由企業」とか「アメリカの個人主義」などのテーマが含まれていた。このテーマは、帰国後、春男が経営文化研究所の仕事をする上で大変役に立つと思った。

英語の授業が始まった。クラスには、世界各国から留学生が集まっていた。春男は自分の身に不思議な現象が起こっていることに気がついた。教室に入る時に、いつもほとんどの学生が笑うのだ。

いったいどうして笑うのだろうか。皆、春男が入ってくるのを楽しみに待っているようだった。別に軽蔑して笑っているようでもなかった。おかしくてたまらないという笑い方だった。春男もつられて笑った。すると、皆がどっと笑った。

春男はいつも隣に座っている目の大きい、ひげの剃りあとの青いイランの留学生をお茶に誘い、どうして皆が笑うのか尋ねてみた。その留学生の説明で春男の疑問が氷解した。第一に春男は入室する時に、上体を四十五度曲げてお辞儀をする。第二に机と机の間を入って行く時に「御免なさい。これから奥の方に入りますからどいて下さい」という意味を込めて、いつも手刀を切るゼスチュアをする。この行為が皆に笑いを誘うというのだ。しかし、この習慣は、小学校の児童の頃から身に付けたもので、今さら直しようもなかった。春男は自分の流儀を押し通した。剽軽《ひょうきん》な留学生は、真似をして、春男の前で手刀を切ったものだ。

この英語研修所は、留学生を対象にしたカリキュラムを作成し、特に聴取力の養成やディスカッション能力や高度な英作文力の養成を目的としている。春男は、聴取力やディスカッション能力が不足していた。しかし、唯一、英作文では特異な能力を発揮した。英作文の授業では、初めに題名が与えられ、各人はその題名にしたがって、五十分以内に自由に英文を仕上げることになっていた。辞書の持ち込みが可能だった。三十歳前後の痩せぎすの女性教師が英作文を担当していた。彼女はブラウンの長い髪を束ね、緋色のツーピースを着ていた。彼女の細面な品のよい容貌には知性が溢れていた。留学生は彼女をジョーンズ先生と呼んでいた。

ある日、学生会館の前で、春男はジョーンズ先生とぱったり会った。

「春男、元気かい。何もかもうまくいっている？」

ジョーンズ先生は立ち止まって尋ねた。

「サンキュー、うまくいってます。先生にお聞きしたいことがあります」

春男は遠慮なく言った。

「どうぞ、何でも」

「いつも分厚い本を抱えていますね。先生の専門は何ですか」

「私はブロンテ姉妹の研究をしています。お分かりですか」

「分かりますよ。ぼくは英文学科の出身ですから。卒業論文はＤ・Ｈ・ロレンスに関するものです」

「春男の専攻も英文学なんですね。あなたの英作文にはいつも感心しています。ボキャブラリーの使い方が普通ではないと思っていました。表現力が豊かだわ。難点はね、文章にむらがあるということです」

「具体的に教えて下さい」

「つまりね、文学的な文章と口語的な文章が混在しているということです。今後、そのような欠点を直せばもっとよくなります」

「先生、有難うございます。今後、注意します。それから、先生も御存じの通り、ぼくは聴取力やディスカッション能力が劣っています。いい方法を教えて下さい」

「いい方法なんてないわ。アメリカの生活に慣れていくことが大切です。〈習うより慣れよ〉と言うでしょう。要は、英語研修所で三ヶ月勉強すれば、自然に慣れていくということですよ」

そう言って、ジョーンズ先生は握手を求めた。先生のしなやかな手を握って、春男は勉強への意欲が湧いてきた。先生は「グッド・ラック」と言って、微笑んで、足早に研究室に向かって立ち去った。

春男が留学している中西部の州立大学は、農業教育や工学教育を目指す大学として設立された大学の一つであり、国から付与された広大な敷地を擁し、キャンパスの中には川が流れ、樹木が生い茂っている。

現在では、この州立大学は総合大学となり、留学生を数多く迎えている。日本人の留学生も多く、最近、日本人会が組織された。

日本人留学生は、アメリカの各種の年中行事の折には、フレンドシップ・ファミリーと称するアメリカの家庭に招待される。日頃お世話になっているフレンドシップ・ファミリーを招待するために、日本人会は週末にジャパニーズ・ディナー・パーティーを開催した。そのパーティーが終わってから、日本人留学生数人が街の飲み屋で二次会を行った。春男も日系三世のジョージ・オカツキと一緒に参加した。その時、仲間は酔いが回って、恋愛話に花を咲かせた。

「春男君は郷里に恋人がいるの？　君の恋人は高級クラブのホステスだろう」

突然、いつも活発なジョージが言った。

「いや、そんなことはない」

春男は平然とした態度で言った。しかし、束の間、春男の胃の奥のほうから嫌な気持ちが頭をもたげてきた。

――どうして高級クラブのホステスなのか、とジョージに尋ねようとしたが、春男は喉の扉を固く閉ざした。一瞬、春男の頭には、少年時代の「雷様」の記憶が閃光のように甦った。心臓の鼓動が激しくなるのをやっと抑えた。ビールをグラスになみなみと注いで一気に飲み干した。

春男は寮に帰り、床に着いた。ジョージの言葉が頭に焼きついて離れなかった。眠れぬまま寝返りを打った。

――傷のある春男には恋愛などできないと思ったのだろう。しかし、高級クラブに通うことができるほどの身分ではないことを分かっているはずだ。ジョージの一言がぐさりと胃袋に突き刺さった。今でも、あの時、祖母が「かまいたちだ」と叫んでいる光景が目に浮かんでくる。自分の不注意な行為が悔やまれてならない。人間の世界は何て不条理なんだろう。

春男はどうしても寝つけなかった。心を静めるために寮の外に出た。キャンパスの中を横切って流れている川の堤防に腰を下ろした。流れの音が微かに周囲の静寂を破り、月光が銅色の川面に青白く反射している。満天の星は暗紫色の空に燃え、時々、流星が巨大な天幕を横切った。春男は深く溜め息をついた。

――そうだ、あれはかまいたちだった。稲光と雷鳴に度肝を抜かれ、慌てふためいて、雨に濡れた農道の曲がり角で、足を滑らせて転んでしまったのだ。その時、こめかみのところがぽっかり割れてしまった。かまいたちのせいなのだ。かまいたちは自然現象だから、不可抗力だったとしか言いようがない。運が悪かった。……待てよ。だが、やっぱり鎌を持っていた。鎌で切ってしまったというのが本当ではないか。なにせ、少年の頃だったので、確かめないまま今日に至っている。かまいたちだったかもしれないし、鎌で切ったのかもしれない。事は起こってしまったのだ。もうどちらでもよい。ジョージだって悪気があった訳ではない。他人を恨んではよくない。あまりにも感情的になりすぎた。弓道の精神に立ち返り、自分の品格を磨くように心がけよう。帰国前に、ニューヨークで顔の傷痕の修復手術をする手筈を整えておくことが大切だ。

春男は心を落ち着けて、寮に戻った。ルームメイトが「何かあったのか」と目を擦りながら尋ねたが、春男は黙ってベッドに潜り込んで眠った。

一週間後、春男は国際課を訪れた。紺の背広を着た面長な顔立ちのジャック・ウィルソン国際課長が笑顔で迎えてくれた。奥の席に寛いで座っていた温和な感じのする紳士が、ゆっくり立ち上がり、「ジム・ブラウンです」と自己紹介して春男に握手を求めた。ウィルソン国際課長は、

「ブラウン氏は、ベントン写真現像会社の副社長です。留学生援助活動に熱心で、今日は日本人留学生の肖像写真を撮影して下さることになっています。ですから、君に背広を着用するようにと伝えました。隣の部屋にカメラがセットされています。春男、準備はいいですか」

と分かりやすい英語で言った。

「はっ、はい、有難うございます」

と言ったが、春男はしばし逡巡した。しかし、人の好意を無にしたくなかったので、

「よろしくお願いします」

と丁重に言った。

ブラウン副社長は、春男の脅えた様子をいち早く察して、顔の傷痕を避けるような角度から撮影してくれた。

「君の趣味は何かね」

撮影が終わって、座席に着いてから、ブラウン副社長は尋ねた。

「弓道です」

「それは素晴らしい。もちろん、和弓だろう」

「そうです。精神の修行のためにやっています」

「私は弓道に関心がある。確か近的と遠的があるだろう」

「よく御存じですね。近的が二十八メートル、遠的が六十メートルです。月日のたつのは早いですが、矢もはやいです」

「何だって？」

「光陰矢の如し」

取って付けたような春男の洒落《しゃれ》が分かったらしく、一同は大声を出してどっと笑った。

「ところで東京オリンピックは大成功だった。日本選手は地の利を生かしてよく活躍した。

アメリカの選手も頑張ったがね」

と言ってブラウン副社長は柔和な笑顔を春男に向けた。

ちょうどその時に、パーマネントの金髪を肩に垂らし、愛嬌のある優しい目を春男に注いでいたジャニス秘書が「失礼します」と言って、部屋の隅に置いてあるコーヒーカップを取りに行こうとした。ハイヒールが椅子の角に突き当り、前のめりに倒れそうになった。春男は咄嗟《とっさ》に両腕で彼女を受け止めた。一瞬の出来事だった。その時、春男はふっくらした彼女の乳房が自分の胸の上で力強く脈動するのを感じた。

「春男、助かった。恩に着るわ。大怪我をするところでした」

と言ってから、彼女は一呼吸おいて、姿勢を正した。やがて、一同の顔の緊張が解《ほぐ》れた。

春男には、彼女こそまさに逞しいアメリカの女性のように思われた。刺激の強い香水の匂いが周りに漂い、春男は甘美な香気に浸った。

秋の陽射しが、室内に吊してある世界各国のカレンダーを赤く染めていた。春男は、トルコやイランやギリシャの色彩鮮やかなカレンダーに見蕩《と》れていた。

ジャニス秘書が大きなカップにコーヒーを淹れてくれた。一同は寛いだ気持ちでコーヒーを飲み、談笑した。

話が一段落したところで、春男は、ウィルソン国際課長やブラウン副社長にお礼の言葉を述べて帰った。ジャニス秘書は、笑顔で、手を振って、さよならと言った。

数日後、春男は分厚い角封筒の郵便を受け取った。差出人は、ベントン写真現像会社のジム・ブラウン副社長だった。開封するのを躊躇した。その郵便を机の上に置き、深く息を吸って、窓の外を見た。爽やかな秋空を背に、美しく紅葉した大きな木々が激しく風に揺れていた。揺れる心を抑えて、鋏を取り出し、思い切って封を切った。中には大中小の三枚の写真が入っていた。顔の傷痕は修整されていた。遙か前方を見詰めている痩せぎすな一人の男が眼前に迫った。苦悩から解き放された表情になり、春男は「ああ、これが俺の顔なんだ」と呟いた。

アメリカ入国後三ヵ月が過ぎ去った。中西部の州立大学での英語研修所の授業が修了した。春男は、英語研修所長のミラー教授、「アメリカ社会の歴史」担当のトムソン教授、ウィルソン国際課長や他の先生方に別れの挨拶をした。

飛行機でサンフランシスコに到着してから、春男はグレイハウンドのバスに乗って西海岸の州立大学に向かった。大学院生として、この州立大学に入学することになっていた。ちょうどクリスマスの季節だった。春男はバスの窓から人家を眺めた。各家はさまざまな趣向を凝らして、クリスマスの飾り付けをしていた。

大規模なものとして、ソリに乗ったサンタクロースをトナカイが引いていく情景の飾り付けもあった。

日本人の留学生竹中要一が、バスの停留所で春男を待っていた。春男は、竹中の案内で入寮手続きを済ませ、ひとまず学生寮に落ち着いた。

西海岸の州立大学は、中西部の州立大学ほど規模は大きくないが、米松などの樹木が立ち並び、緑が多く、自然環境に恵まれたキャンパスだった。この州立大学のソーントン学長は、大学人は象牙の塔に引きこもることなく、社会のサービスに努め、企業の知的、倫理的道標の役割を担い、つねに自由な批判精神をもって、社会問題を探求することが肝要である、と主張した。ソーントン学長の教育理念は、日本の大学より一歩先んじている、と春男は思った。

春男が専攻しようとする比較文学研究科は、英文学科と外国語学科を含む学際的な教授陣容によって運営されている。

年が明けて、春男は入学手続きを済ませた。「比較文学批評理論」他二科目、その上、聴講生として国際ビジネスコースの「外国貿易論」を受講し、ビジネスに関するセミナーに参加することにした。

冬の学期は一月上旬から三月中旬までだった。春男は、一講座で約十冊の本を読まなければならなかった。その上、各講座毎に期末レポートを提出することが義務づけられていた。時間が足りなくて難渋したが、辛うじて冬学期を乗り越えた。その後、息をつく暇もなく、春の学期が始まった。比較文学専攻の学生は、少なくとも三つの外国語を学ばなければならない。早朝のフランス語の授業を受けたが、英語を通じてフランス語を学ぶことの難しさを痛感した。しかし、春の学期からは、各講義の内容がよく理解できるようになり、気後れせずに討論に加わることができた。六月下旬から始まる夏の学期にも講義を受けるつもりだった。しかし、心残りはあるものの、断念した。思わぬ失費がかさみ、九月上旬に予定している顔の修復手術の費用が不足していたからだ。中西部の州立大学で知り合ったベントン写真現像会社の副社長の推薦によって、七月から二ヵ月間、春男はその会社で働くことができるようになった。

ベントン写真現像会社は、ミシガン湖に沿ったベントン・ハーバーの郊外にある。林の中にだだっ広い二棟の写真現像工場が立ち並んでいる。従業員は約五十人だった。七月上旬に、春男はベントン写真現像会社に到着した。ブラウン副社長は、バスの停留所まで春男を迎えにきて、会社の独身寮に案内してくれた。西海岸の州立大学から、シアトル、バンクーバー、カナディアン・ロッキー、カルガリー、ウィニペグ、マディソン、シカゴを経由して春男はミシガン州のベントン・ハーバーまでたどり着いた。長距離バスで五日間の道のりだった。やっとミシガン湖が見える寮に落ち着いた。寮には、冷蔵庫、洗濯機、乾燥機などが調えられていた。広間にはピアノがあり、地下室にはプール（玉突き）の台が置いてあった。

初出勤の日、白いシャツにジーンズの作業ズボンを穿いた春男は、仕事の指示を受けるために、ブラウン副社長の部屋を訪れた。ブラウン副社長は、部屋の奥のほうに置いてある書類入れから、一枚の大きな改造設計図を取り出し、真剣な表情で机の上に広げた。

「春男、我が社はアメリカでも屈指のカラー写真現像所を持っている。カラー写真を現像する場合には、自然に近い美しい色を出すことが大切だ。けばけばしい色では下品に見える。我が社の現像所は、色彩調節器によって自然に近い美しい色を出す技術を持っている。基調は自然色だが、しかし、これからは自然色よりも美しい写真を現像することが肝要だ。この改造設計図によって、今までの色彩調節器以上の機能を持ったものを作り上げたいのだ。部品はすべて調えてある。春男にこの組み立て作業をやってもらいたい。日本人は手先が器用だと言うではないか」

ブラウン副社長はそう言って期待を込めた視線を春男に向けた。

「お言葉を返すようですが、ぼくは文科系の留学生ですから、電気関係のことはよく分かりません」と春男はおずおずと言った。

「改造設計図と必要な電気の部品は用意してある。とにかくやってみてくれたまえ」と言って、ブラウン副社長は引き下がらなかった。

「はっ、はい、分かりました。全力を尽くします」と春男は観念して言った。

「ところで、この改造設計図は我が社独自のものだ。誰にも漏らさず極秘にしてくれ。春男に組み立ててもらってから、実験してみよう。上首尾なら特許権を申請するつもりだ。もう一つお願いがある。一週間のうち、土曜と日曜に夜警の仕事をしてもらいたい。夜間特別手当てを出す。いいかね」とブラウン副社長は念を押すように言った。

「分かりました。それでは夜間にどういう仕事をするのか、教えて下さい」

「我が社には、第一工場、第二工場、工作室、倉庫、ゲストハウスなどある。二つの工場には、多くの現像室と化学薬品貯蔵室がある。夜警中の点検場所は十二ヶ所あり、その場所を一時間おきに点検してもらいたい。夜警用の時計を用いて、各場所の点検時間を記録しておいてくれ。その合間に、各現像室の屑入れの中の写真のスクラップを全部ひと纏めにして、塵捨て場に運んでおくことだね。いいね」

ブラウン副社長は夜警中の仕事の内容を明快な英語で淀みなく説明した。春男には、一度採用した者を無駄なく効率的に使おうとするブラウン副社長は、アメリカの実用主義者の典型のように思われた。

「話は変わるが、春男は九月五日まで、約二ヶ月間働きたいと言っているが、九月二十日まで延期してほしい。どうかね」

ブラウン副社長は雇用期間の延長を申し出た。

「実はニューヨークで手術をする予約をしています。変更ができないのです。手術は九月八日です」

春男は冷静に言った。

「そうかね。実は週末に夜警をする人が見つからないのだ。春男に九月二十日まで働いてもらうと有り難い。手術の日を延期してもらいたい。個人的なことに立ち入って失礼だが、何の手術をするのかね」

「ブラウンさん、恥ずかしいことですが、ニューヨークの病院で顔の傷痕の修復手術をすることになっています。昨年、ブラウンさんに肖像写真を撮っていただきましたね。あの写真は見事に修整されています。こんどは写真ではなく、この実物の傷痕を修復するのです」

「失礼した。うーむ、なるほど。それはよいことだ。手術の成功を祈る。その手術料を捻出するために我が社で仕事をするという訳だね。お気持ちはよく分かる。……ところで、仕事の日時の延長の件だが、春男さえ差し支えなかったら、私が直接頼んでみたいのだが、同意してくれるかね」

ブラウン副社長は、いったん心の中に決めたことを、万難を排して実行していく強い意志を持っており、春男に執拗に予定変更を求めた。

「はい、病院のほうで手術の予定を変更して下さるなら、ぼくは差し支えありません。ニューヨークの病院の電話番号と担当医師の名前を今すぐに書きます。ただ、一つだけお願いがあります。九月十九日まで延長するということにして下さい」

春男はブラウン副社長の熱意に圧倒されたが、二十日だけは譲れないと思った。

「九月二十日まで延長できないのかね。どうして九月十九日までなのだ」

「九月二十日は空けておきたいのです」

「また、立ち入ったことを聞くようだが、九月二十日はどこへ行くのかね。恋人とデート？」

ブラウン副社長は悪戯っぽい視線を春男に投げかけた。

「そうだったらよいのですがね。まったく違います。最初に留学した州立大学を訪れて、ぼくが住んでいた寮や勉強した校舎や散歩した川辺などをもう一度この目に焼き付けておきたいのです。夏休みですから、先生や友達には会えないかもしれませんがね。グレイハウンドのバスで州立大学まで往復するのに丸一日はかかると思います」

春男の頭に、ジョーンズ先生、ウィルソン国際課長、ジャニス秘書、イランの留学生などの顔が次々と浮かんできた。

「理由はよく分かった。州立大学まで二時間あれば行ってこられるよ」

「ご冗談でしょう。丸一日はかかります」

「冗談ではない」

「ヘリコプターだったら二時間で行ってこられますが……」

「もっと速いものがある」

「飛行機ですか」

「そうだ」

「飛行場まで行くのにかなり時間がかかるでしょう」

「春男、飛行機で往復することにしよう。二時間あれば十分だ。市の郊外に飛行場があって、民間機が発着できる。社長は小型飛行機を持っている。航空隊出身だ。私が社長に頼んであげる。天気のいい日を選んで、州立大学まで飛行機で往復することにしよう。私が上空から航空写真を撮る。大学全体の俯瞰《ふかん》写真、寮、教室、フットボールのスタジアムなど、腕を振るって撮影する。帰ってきたらすぐ現像してあげる。ここは写真現像所だ。そんなことはお安い御用だ」

ブラウン副社長は、ニューヨークの病院に電話して、担当の平山医師と相談し、手術の日程を延期してもらうことに話を決めた。その後ですぐに春男を社長室に連れて行き、「州立大学の上空を飛行機で二、三回旋回していただきたい」と社長に頼んだ。

大柄で豪放磊落な感じのする社長は元気よく椅子から立ち上がって、明るい声で「初めまして」と言って春男と握手をした。

「春男のことはジョンからよく聞いている。飛行機で君の学んだ大学の上空を飛ぶことにしよう。今から楽しみだ」

社長は精力的な脂《あぶら》ぎった顔に笑みを浮かべて言った。その時、春男は、副社長の名がジョンであるということを思い出した。そして、春男は、副社長と言えども親しい関係であれば、社長が日頃ジョンと呼び捨てにすることを初めて知った。ブラウン副社長も親愛の情を込めて、社長をジャックと呼んでいた。春男には到底その真似はできなかった。

実際に州立大学を訪れて、再び自分の足でキャンパスの土を踏み締めたかったのだが、話の成り行き上、春男は明確に自己主張をする機会を逸《いっ》してしまった。

ブラウン副社長の提案通り、春男は九月二十日までベントン写真現像会社で働くことになった。ブラウン副社長との会話を通じて、春男はアメリカ文化の一端を知ることができた。アメリカの建国の父と言われているベンジャミン・フランクリンが「富に至る道」の中で述べているように、アメリカは勤勉と富が一体となっていると感じたのだ。

改造設計図の組み立て作業に興味を持ったが、しかし、春男は写真現像の仕事のほうが一層面白いと思った。さまざまな写真の現像によって、アメリカ人の生活の様子を知ることができると考えたからだ。

「改造設計図の組み立て作業が終わったら、写真の現像の仕事もやらせていただきたい」

春男はブラウン副社長に要望した。

「勿論、そのつもりだ。春男は写真の現像に興味をもっているようだね。分かっている」

仕事の打ち合わせが一段落したので、ブラウン副社長は落ち着いた態度で言った。

文科系専攻の春男は、改造設計図の組み立て作業に難渋した。やっと第一号改造色彩調節器の試作品を完成した。ベテランの写真現像作業員がこれを用いて実験した。現像写真には、自然色以上の美しさが見事に浮き出ていた。

「これだ！　この色がほしかった。春男でかしたぞ！」

ブラウン副社長は感極まって叫んだ。

その後、必要な数の改造色彩調節器を組み立てるのに二週間以上かかった。しかし、一つの仕事を完遂したという達成感が春男の胸に溢れていた。そして、次の仕事への意欲が湧き上がってきた。待ちに待ったカラー写真の現像だ。春男は、現場の責任者であるノートン主任から現像の方法について指導を受けた。写真の現像は、会社の命運にかかわる重要な仕事であり、一枚の写真と言へども徒《あだ》や疎《おろそ》かにできない。依頼人はほとんどがプロのカメラマンである。したがって、出来上がった写真に少しでも瑕疵《かし》があると、依頼人は必ずクレームをつける。

仕事の初日、春男は気持ちを引き締めて現像室に入った。

暗室で写真の現像に取りかかった。最初から、肝《きも》が潰《つぶ》れるような光景が眼前に浮かび上がった。人間の腹部が幅広く切開されているカラー写真だ。次のものは、腹部が閉じられ、傷口がきちんと縫合されている。その生々しい傷痕を見て、彼は、一瞬、吐き気を催した。いったい、誰が何のために撮った写真なのだろうか。しばらくして、これは法医学上の証拠写真ではないかと推測した。

春男は現像の仕事を続けて、結婚式や結婚披露宴の写真が多いことに気づいた。式が終わってから、新婦が花束を投げ、未婚の女友達が競ってそれを手に入れようとしている写真。新郎が新婦のガーターを男友達に投げている写真。教会から出てくるカップルに親戚の子供達が米を投げている写真。ジャスト・マリッドと書かれた看板をハネムーンの車に縛りつけた写真。

春男は現像の仕事に精を出した。昼食の時間が近づいた頃、突然、漆黒の闇の中から、棺桶に入った軍人の死体が目に飛び込んできた。はっと息を呑んで、顔を歪めた。気を取り直して、その写真をじっと見詰めた。棺桶に入っている死体は、二十七、八歳の陸軍将校だった。将校は軍服で正装し、胸に十字架を着けて安らかに眠っている。ふっくらとした童顔で、血色もよく、やや太めの体格だ。そのまま生き返ってもおかしくないくらい、健康そうに見えた。しかし、目を凝らして見ると、生前の容姿を復元するように化粧術が施されている。春男は目を閉じた――いったいなぜ死んだのだろう。痩せこけてはいない。病死ではないようだ。戦場で死亡したと思われる。しかし、顔に傷痕はない。しかし、胸に貫通銃創の痕があるはずだ。戦時中、春男は、勤労動員で、旋盤工として、二十ミリの高射機関砲の弾丸を作った。自分が作った弾丸に当たって死んだ兵士もいるに違いない。

日米が戦っていた中学生の頃を思い出していた。

突如として暗闇から写し出された軍人の死体を見て、気が動転してしまい、現像した写真は出来がよくなかった。不良品になってしまった。

春男は乱れた気持を落ち着けて、もう一度、丁寧に現像した。完成品を見詰めた時に、またもや異様な恐怖心に襲われた。自分の恐怖心を払い除けるかのようにその写真を隅の屑入れの中に力強く押し込んでしまった。

やがて、昼食の時間となり、春男は現像室から外に出て、やっと平穏な普通の人間になったような気がした。

昼休みに、ブラウン副社長は社員食堂に姿を現し、春男に仕事の進捗《しんちょく》状況を尋ねた。

「順調に進んでいます。ちょっとお聞きしたいことがあります。よろしいでしょうか」

春男は急に椅子から立ち上がって言った。

「どうぞ遠慮なく話したまえ」

ブラウン副社長は、明るい笑顔を春男に向けた。

「結婚式や結婚披露宴の写真の現像は楽しいですね。でも、棺桶の死に顔の写真には驚きました」

「キリスト教では、死は神に召されることであって、決して忌み嫌われるものではない。だから、棺桶に入った死体は安らかに眠っているだろう。生前に愛用した十字架やロザリオを胸に着けてね」

「ぼくが現像した死体もそうでした。日本では葬式の時に、生前の元気な姿を祭壇に飾ります」

「それはキリスト教と仏教の違いだ。私たちキリスト教信者は、死者が天国で神の加護を受け、安らかに過ごすことができるように、祈りを込めて死に顔の写真を撮影する。写真の撮影のためにも、また葬式に訪れた弔問客のためにも、死体を美しく保存することが大切だ。そこで、葬儀屋《モルティシャン》が死体に防腐剤を注射し、念入りに死化粧を施すのだよ」

「分かりました。土葬《インターメント》ですか」

「その通りだ。キリスト教では死体を土の中に埋葬する。これはキリストが復活したという信仰に由来するものと思う。でも、最近では故人の意志で火葬にする場合もあるがね」

「よく分かりました」

「これから毎日死に顔に対面するよ。春男ははやくアメリカの風習に慣れないといけないね」

「努力します。でも、暗室で見る死に顔の写真は怖いですね。ぞっとする」

「だから、はやく慣れるようにと言っている。だんだん慣れてくると思うよ。はっはっ」

ブラウン副社長は、春男の浮かぬ顔を覗き込んで、からかい半分に笑った。

週末の夜警は、想像以上につらい仕事だった。一時間おきに、十二ヶ所の点検場所に行き、それぞれの場所についているキーを夜警用の時計のキー穴に入れる。そうすると何時何分に点検したかが記録される。この作業に約三十分が必要だ。その上、点検の合間に工場内の清掃作業を行う。息を入れる時間がない。しかし、そのほうがかえってよいのかもしれない。夜間、林の中に森閑と建っている工場で、何もしないでいることは、春男にとって寂しくて耐えられないことだ。忙しい仕事にだんだん慣れてきて、作業の合間に、誰もが体験できないようなひと時を過ごすことができるようになった。それは死に顔との対面だった。

その夜、テーブルの上に、棺桶の中で眠っている四十代の女性の写真が置いてあった。一見して派手な容貌の女性だった。彼女の閉じられた眼窩《がんか》の奥深いところで、まだ死に切れない陰が漂っているように思われた。彼女は、この世での虚栄心、嫉妬心、憎悪、未練をすべて捨て去り、死に打ち勝って昇天できたのだろうか。死に顔には、人生の怨念が滲み出ていた。夫に裏切られたのかもしれない。目を覚ましたら、一晩中、彼女の生前の悩みを聞いてあげたいものだ、と春男は思った。じーという音で我にかえった。点検時間を告げる目覚まし時計の音だ。春男は右手で彼女の顔をやさしく愛撫し、「すぐに戻ってくるから、それまで待っていてね」と語りかけて仕事を始めた。

春男は、数多くの老若男女の死に顔と語り合って、自分の恐怖心を克服していった。ブラウン副社長の言葉の通り、アメリカの風習に慣れてきたのだった。

写真の現像の仕事に慣れてきた頃、独身寮の郵便受けから、春男は一通の航空便を取り出した。差出人は浜岡賢一だった。何で順子本人からの手紙ではないのだろうか、順子に何か異変が起こったに違いない、と春男は思って、その場に立ちすくんでしまった。やがて、春男は部屋に入り、両手を震わせながら開封した。

山村春男 様

残暑きびしい折から、先生にはますますご健勝のこととお慶び申し上げます。

さて、ぼくは、夏休みを利用して、姉と一緒にニューヨークを訪れ、先生に案内していただき、「自由の女神像」や「エンパイア・ステート・ビル」や「メトロポリタン美術館」などの名所巡りをしたいと思っていました。しかし、姉の主治医の意見にしたがって、ぼくたち二人は、ニューヨーク旅行を取りやめることにしました。姉は病気入院している訳ではなく、普通の生活をしています。姉は、ニューヨークで山村先生にお会いできるのを楽しみにしていました。ですから、ぼくは姉がとても可哀想だと思いました。

でも、姉は主治医の意見にしたがわざるをえませんでした。

実は、ぼくは先生が留学した大学を訪れてみたかったのです。この前の手紙で、先生は中西部の州立大学の上空を飛行機で旋回する予定だと書いておりましたね。ぼくも姉と一緒にその飛行機に乗せてもらうつもりでした。姉は「先生の後を追いかけて行きます」と強がりを言っていた手前、先生に手紙を書きづらくなったのです。そのような訳で、ぼくが手紙を書いている次第です。先生、姉を責めないで下さい。

話は変わりますが、先日はアメリカの独立記念日のパレードの写真をお送り下さり、有難うございました。とても鮮やかな美しいカラー写真です。先生が現像したんですってね。

ぼくは大学の写真部に入り、北海道に撮影旅行に出かけました。先生の写真を部員に見せたところ、皆その色彩が素晴らしいと言っていました。

夏休みもようやく終わりに近づいてきました。どうぞ健康に留意なされて、アメリカの生活を満喫されるよう祈っています。「夢ちゃん」もよろしくと言っています。日本で先生にお会いする日を楽しみに待っております。

昭和四十年八月

浜岡賢一

身じろぎもせず椅子に座って、春男は賢一の手紙を丁寧に読み、ほっと一息ついた。順子が重い病気に罹っている訳ではないことが分かって安堵した。賢一は何と姉を気遣う弟なんだろうと思って、目頭が熱くなった。

九月二十日、晴れ渡った日、ベントン写真現像会社の社長は、小型飛行機を操縦し、中西部の州立大学の上空を何度も旋回してくれた。この飛行機には、ブラウン副社長と春男が同乗していた。社長は、春男が「あれが寮だ。あれが英語研修所だ」と右手を差し出す方向に低空飛行を試みた。春男は「この飛行機に、順子さんと賢一君が同乗していればいいのになあ」と呟いた。急に、飛行機は右に旋回して、フットボールのスタジアムのほうに向かった。春男は「スリル満点だ!」と叫び、心地よい興奮に身をまかせた。

「春男、満足したか」

社長は頬を紅潮させて大きな声で言った。

「満足しました!」

春男はひどく感激して言った。

ブラウン副社長は、バシッ、バシッとカメラのシャッターを切り続けた。

飛行機は市の郊外の空港に着陸した。

この日、午後五時をもって、ベントン写真現像会社における春男の仕事はすべて終了した。

春男はニューヨークの病院で顔の傷痕の修復手術を受けた。手術は成功だった。春男が中西部の州立大学の寮で見た修整写真と同じように、実物そのものが修復され、新しく甦ったのである。手術を担当した平山教授は、日本人として初めて、アメリカで形成外科専門医の資格を取得した医師だった。

春男は、入院手続きや手術全般にわたって平山教授のお世話になった。

平山教授は、アメリカで数年間医療活動を続けてから帰国し、日本における形成外科のパイオニアとして後進の指導にあたった。春男は、平山教授の業績はいつまでも燦然と輝くであろうと確信した。

六

昭和四十年、仲秋の夕方、山村春男は、イギリス、ドイツ、フランス、イタリア、スペインなどヨーロッパ数ヵ国を巡って、羽田空港に着いた。両親、姉、兄、賢一が出迎えてくれた。春男は辺りを見回した。順子の姿はなかった。

最初に母が近づいてきた。

「春ちゃん、お帰り。少し太って、色艶がよくなったね。すっかり傷が消えて、男っぷりがよくなったわ」

母は嬉しそうに言った。

「疲れたでしょう。はやく家に帰って、おいしいものでも食べようね」

いつもの通り、姉は優しかった。

「姉さん、有難う。田舎料理が食べたい。機内食にあきあきしたよ」

春男は、相変わらず美しいふくよかな姉の顔を見詰めて言った。

「あら! 春ちゃん、しゃれた服を着ているじゃないの。洋行帰りは違うわね。とても素敵!」

姉はからかうように微笑んで言った。

「これはケンブリッジ大学のペンブルック・カレッジに行った時に、学生街で記念に買ったんだよ」

春男は、古い歴史の重みを感じさせるケンブリッジの町並みを思い出しながら言った。

その時、賢一が春男の前に現れた。

「先生、お帰りなさい。夢ちゃんがよろしくと言っていました」

賢一は明るい調子で言った。

「有難う。よく来てくれた。夢ちゃんにこれを渡してね」

春男は、あらかじめポケットの中に用意していた自由の女神像の絵ハガキを差し出した。

一同はバスで上野駅まで行き、そこから東北本線で石橋に向かった。車窓から暮れ残る田園風景を眺めていると、春男は長い旅の緊張が次第に和らいでいくのを感じていた。石橋駅に着いた時には、曲がりなりにも自分の目的を果たしてやっと故郷に帰れたという達成感が春男の胸に広がっていた。


日曜日の朝、春男は一つの目的を持って、自転車に乗った。林間道路を左に曲がって行くと、住宅地に近づく。その一角に豪邸が数軒建っている。一番手前の家が浜岡社長の邸宅だ。春男は浜岡邸の前で自転車を止めた。隣の空き地で賢一と隣家の少年がキャッチボールをしていた。

「山村先生！」

賢一がびっくりして叫んだ。春男は、近くの大きな樫の木の側に自転車を置いた。

「海外旅行のお土産を持ってきたよ。賢一君には大学の名前入りの万年筆。どうぞ、使ってね」

「先生、有難う」

「夢ちゃん、ご在宅?」

「はい。先生、呼んできます」

賢一は順子を呼びに家に入って、すぐに出てきた。

「間もなくまいります」

賢一は元気な声で言った。

「山村先生、お願いがあります」

「なんでもどうぞ」

「大学祭で先生が撮影した写真をお借りしたいのです。写真部の招待コーナーに先生のカラー写真を展示したいのです」

「分かった。沢山あるが、君の好きなものを選んでくれ」

「先生、そうします。後でゆっくりと見せて下さい」

賢一の話が終わった頃、臙脂《えんじ》のセーターに、紺のフレアースカートを穿いて、順子が玄関から息せき切って現れた。

「山村先生！　お帰りなさい。お久し振りです。先生にお会いできて嬉しいわ。私、とっても幸せ！　先生は少し太られましたね。逞しく、男らしくなった感じがします。夏にはアメリカに行けなくて御免なさいね。主治医の許可がいただけなかったものですから。それから、自由の女神像の絵ハガキ有難うございました」

順子は懐かしそうな視線を春男に向けた。

その後で、すぐに春男に近づいて、握手を求めた。二人はお互いに両手を強く握り締めながら、再会を喜んだ。

「今日はね、夢ちゃんにフランスの香水を持ってきましたよ」

「有難うございます。私、今日は嬉しくてたまらないわ」

「こんどね、折を見て、歌舞伎を観に行きたいのです。約束してくれます？」

「約束するわ」

「ぼくの大学時代の友人が歌舞伎の俳優をしています。切符の手配をしてくれることになっているんです。近いうちに切符を送るから、是非、歌舞伎座に行きましょうよ」

「ほんとうですの。楽しみに待っています」

その時、順子の唇がほんのりと紅色に輝いた。

順子に香水を手渡した。そして、アメリカ留学中の空白を埋めるかのように、春男はまじまじと順子を見詰めた。

春男は順子と賢一に再会を約束して浜岡家を後にした。

春男は再び自転車に飛び乗り、森間道路をゆっくり進んだ。初めて順子に会った時と同じように、春男の胸はなぜか激しく躍っていた。実は、今日ほど間近で順子の容姿を見たことはなかった。何と魅力的な女性なんだろう。しなやかな身体、長い睫毛に覆われている憂いをおびた大きな目、か弱い薄い唇、柔らかい長い手、色白な項《うなじ》、顎から胸まで垂らした長い漆黒《しっこく》の髪。侘びしそうな順子の容姿全体は何と繊細な美しさをたたえていることか！

自転車に乗って、森間道路を進んでいく間、順子の姿が春男の脳裏に鮮やかに浮かんできた。その時、春男は体全体が順子の神秘的な力で快く締めつけられていくような感じがした。心の中で「順子さん！　順子さん！」と春男は何度も叫んでいた。

郷里の人の目に付くところで順子に会ってはいけない、と母に釘を刺されていたので、春男は次回に歌舞伎座で順子と落ち合う約束をしたのだった。

山村春男は昼近くに、家に帰ってきた。中に入ると、野良着姿の父が、土間の椅子に腰を下ろし、煙草を吸いながら、春男に笑顔を見せた。

「春男は留学の目的を果たした。よく頑張ったな」

「父さん、その言葉を聞いて、とても嬉しいよ」

「この間、いつも立木を買っている山主の家に、お前の母さんと一緒に行ってきたよ」

「何で母さんが、山主のところに行ったの？」

「その話はお前の母さんから聞いてくれ」

「何か頼まれたの？　ぼくに山主の息子さんの英語の家庭教師をやれというの？」

春男はそう言った。

「母さんから聞いてくれ」

父は再びそう言って、春男に意味ありげな笑顔を見せた。

普段は息子を褒めちぎったりしない父が、はっきりと「春男は留学の目的を果たした」などと持ち上げて、話の本題は母に聞いてくれということから察すると、どうやら見合いの話ではないかと春男はすぐに思った。

程なく、小綺麗に身なりを整えた母が土間に入ってきて、父の隣の椅子に座った。

「春ちゃん、よかったね。顔の傷痕がほとんど消えてしまったわ。ねぇ、父さん、そう思わない？」

「そうだ、お前はもとの美男子に戻った。父さんに似ているんだ。アメリカのお医者さんはたいしたもんだね。これでひと安心したろう」

「春ちゃんは、母さんに似ているのよ」

母は負けていなかった。両親はそろって幸福そうに笑った。

「それでね、春ちゃん、父さんから聞いたろう」

「何の話なの？　父さん」

「春男、母さんからゆっくり聞いてくれ」

父は打ち解けて話した。

「では、私が春ちゃんと奥座敷でゆっくり話し合うからね。それで、あの写真はどこへ置いたかしら」

母はそう言って父に尋ねた。

「箪笥《たんす》の引き出しの中だろう」

「あ、そうそう、分かったわ。春ちゃん、奥座敷で待っていてね。父さんは分かっているから来なくていいわ」

母は箪笥のある部屋に入って行った。母のその言葉を聞いて、春男はとうとう追い詰められてきたなと思った。母はすぐに姿を現した。

「春ちゃん、お待ち遠さま。ここにお座りよ」

母はふわふわした来客用の座布団を出した。春男はそこに畏《かしこ》まって座った。

「これは山主の娘さんの写真よ。さあ、御覧なさい。体格もよく、健康そうで、器量も申し分がないわ。高校時代にはバドミントンの選手だったそうよ。運動神経は抜群でしょう。弓をやっている春ちゃんには打って付けの嫁さんになるわ。背が高いから、和服を着せたらとてもお似合いよ」

春男の予想は的中した。見合いの話だった。写真に写っている豊満な身体を見て、アメリカの中西部の州立大学国際課のジャニス秘書を思い出した。写真の女性は無邪気な微笑を浮かべた美人だった。顔はふくよかで、胸ははち切れんばかりに膨らんでいたが、体全体は引き締まっていた。

「急な話だよ母さん。まだ帰国したばかりなのに。浜岡社長にお会いし、経営文化研究所設立の打ち合わせをしなければならないんだ。しばらく考える時間がほしいよ」

「この娘が気に入らないのかね?」

「いや、そんなことを言っているんじゃない」

「そう、そう、忘れてたよ。ここに履歴書があるわ」

春男は履歴書に目を通した。名前は田原友子。県下でも有名な女子高等学校の出身だった。高校を卒業してから、名が通った東京の洋裁学校で学んでいる。「将来の希望」の欄に、「洋裁学校の校長になること。将来県下で一流の洋裁学校を設立すること」という文章が、しっかりした男性的な文字で書かれていた。

「母さん、この履歴書を見てよ。すごいことが書かれている」

「どれ、どれ、私に見せて。うーむ、洋裁学校の校長ね。素晴らしい夢があっていいじゃないの」

「こんな逞しい娘さんを嫁に貰ったら、尻に敷かれちゃうよ」

「民主主義の国に留学した春ちゃんにしては、ばかに弱腰だね。最初にびしっと教育しておくことが大切だわ。春ちゃんだったら大丈夫よ」

「では、よく考えておくよ。母さん、その前にけじめをつけておきたいことがある。この顔の傷痕が修復できたのは、看護婦の佐藤直子さんのお陰だ。一度、お墓参りをして、手術が成功したお礼を述べ、最後の別れをしておきたいのだよ」

「もう何年も前の話じゃないの。何もそこまでしなくてもいいと思うわ」

「ちゃんと心の整理をしておきたいからね」

「そうかい。春ちゃんは律儀だね。そう思うなら、気が済むようにしたらいいわ。その気持ちもよく分かるからね。お墓参りはなるべく早いほうがいいわ」

田原友子は、民主主義教育を受けており、戦後派を代表するような自己主張の強い女性のように思われた。夢と希望を持った明るい女性だ。母は前向きな彼女に好感を抱いていた。しかし、母が気に入った最大の理由は、彼女が高校時代にバドミントンの選手で、健康な女性である、ということだった。

母はしばらく考えてから、春男の前ににじり寄ってきた。

「この娘さんとのお見合いはいつにするの?」

母は田原友子との縁談を早く進めたかった。

「お墓参りが終わってから、よく考えてみたい」

「分かったわ。それから、浜岡社長のお嬢さんの家庭教師をまだ続けるのかね?」

「これからは、一ヵ月に一回か二回教えることになると思う」

「そうかね。経営文化研究所の所長さんになるんじゃ断れないね。でも、これだけは言っておくわ。いくら好きでも、病弱なお嬢さんと結婚しては駄目よ」

「〈病弱〉なんて言い方はいくら何でも可哀想だ」

春男は図星を指されてどきりとして言った。順子に心を寄せていることを母は見抜いていたのだ。


秋雨の日、目を覚ますと、布団の端がひんやりと冷たい。直子が病院の寝床で苦しんでいた秋の日々を思い出した。そうだ、直子の墓参りをしよう、と春男は思い立った。

春男は、丘の上の直子の墓にたどり着いた。前回、直子の墓前に、弓の修行の成果を報告に来た時には、丘の中腹に枝垂桜《しだれざくら》が咲いていた。

今回は、その桜木が紅葉し、冷たい秋雨に濡れていた。

春男は、墓石を綺麗に拭き、水をかけ、菊の花を生け、ゆっくりと線香を供えた。脳裏には数々の思い出が浮んでは消えた。直子に語りかけた。

——直子さん、久し振りだね。直子さんに二つの約束をしたね。弓道に精進することと顔の手術をすることだったね。今日は、その成果を報告に来たんだよ。海外留学のために、長いあいだ弓を休んでいたが、これからは錬士の称号を取得するように頑張るよ。一番気にしていた顔の傷痕の修復手術は成功した。直子さんが紹介してくれた平山医師は腕がよく、とても親切だった。ほんとうに有難う。直子さん、この墓前に来るのは今日が最後になると思う。この世に未練を残さず成仏してくれ。この後、ぼくは新たな人生を歩むことになるだろう。許してくれ。頼む。

墓地には、深い霧が茫漠と立ち込めていた。目を閉じて長い間合掌を続けた。すると、優しい、大きな目を輝かせた直子の姿が、春男の脳裏にぼうっと現れてきた。

間もなく、雨が上がり、晴れ間が見えた。上空では、鳶がピーヒョロロと鳴き、大きな輪を描いて飛び回っていた。鳶が直子を迎えにきたのかもしれない。最後に、鳶はゆっくり回って、山並みのほうへ再び飛んで行った。やがて、直子の姿は、春男の脳裏から消え去った。

「待ってよ、直子さん！」

春男は大きな声で叫んだ。

「とうとう行ってしまった」

春男はそう呟き、深い溜め息をついて、墓地の坂道を下って行った。

春男は浜岡社長と電話で相談して、帰国報告をする日程を決めた。

野分《のわき》過ぎて、落葉の季節を迎えていた。春男は本社の受付で来意を告げ、社長室に入った。

浜岡社長は明るい笑顔で春男を迎えた。二人は固い握手をした。

「山村先生、ご帰国おめでとう。さあ、お座り下さい。少し太られたようだね。肉食が多かったのだろう」

浜岡社長は懐かしそうにじっと春男を見詰めていた。

「無事帰国しました。本日は、経営文化研究所の規程の原案を持ってまいりました。アメリカの会社の研究所の資料を参考にして、日本の会社の研究所にふさわしい規程を作成するように心がけたつもりです」

「ご尽力に感謝しますよ」

浜岡社長はその規程を注意深く読んだ。

「大体よくできている。細かい文言については文書課に直してもらうことにしよう。欲を言えば、もう少し本研究所の特色を出してもらいたかったのだが」

「その点に関して、実は腹案があります。浜岡社長の了解の上でご提案したいと思っておりました」

「そうかね。後で詳しく聞くことにしよう。その前に、人事について意見を述べてくれ」

「人事のことまでぼくが申し上げてよろしいでしょうか」

春男はアメリカ人のように強く自己主張をするのを控えていたのだ。

「山村先生は研究所の所長になる訳だ。だから、所長としての人事構想を尋ねておきたいのだよ」

「では、申し上げます。理事長は浜岡社長、所長は不肖ながらこの山村春男が引き受けます。専任の所員数名、客員所員として財界から二名、大学教授から二名、事務長、事務員二名、以上です。規模が大きすぎるでしょうか」

「新しい研究所の設立だ。貧弱な内容だったらみっともない。山村先生の案でいいと思う。所員や事務職員の人選については私が後で決めよう。客員所員を迎えるというのはいいアイデアだ。財界人は私が人選するが、大学教授は誰がいいかね」

「二人のうち一人は外国の大学教授がいいと思います。折にふれて来ていただき、特別講演を依頼するのです」

「うーむ。これから日本も国際化する時代だ。斬新な考えだと思う。大学教授の人選は山村先生にお任せする。その他、何か付け加えることがあるかね」

「実は、本研究所の特色を出す腹案を申し上げることになっていましたが……」

「そう、そう、それが聞きたい」

「国際交流課の設置です。この課が本研家所の中心となります」

「どんな仕事をするのかね」

「文字通り、国際貿易のコンサルタントの仕事です。もう一つは、外国からのお客さんをお迎えする態勢を整えることも重要な任務となります」

「例えばどういうことかね」

「外国人が当社に来た場合、日本の文化を知ってもらうように、いくつかのデモンストレーションを行うのです。生け花、茶の湯、日本の衣食文化の紹介です」

「確かに、実際のビジネスを行う場合に、日本の文化を知ってもらうことが大切だね。まさに特色のある研究所になる。では、早速、生け花や茶の湯の先生を探すことにしよう」

「私案があるんですが、よろしいでしょうか」

「誰かいるのかね」

「浜岡社長のお嬢さんに担当していただいたらどうでしょうか」

「それには、気が付かなかったよ。山村先生はアイデアマンだね。使えそうな人を無駄なく使ってしまう。これこそまさにアメリカ式経営方法だよ。そうだね、順子も何か目的があれば励みになるかもしれない。山村先生から話してくれよ。私よりも、先生が言ったほうが重みがある。先生は無から有を生む才がある」

浜岡社長は、テーブルをぽんと叩き、部屋中に響く大きな声で笑った。

「出過ぎたことを申し上げ、失礼しました」

春男は慌てて付け加えた。

「いや、気にしないでいいんだ。親馬鹿かもしれんが、健康さえ回復すれば順子は日本文化の紹介には適任かもしれない。先生は目のつけどころが違う」

「いや、穴があったら入りたい気持ちです」

春男は顔を赤らめて言った。

その後、春男は浜岡社長の指導を受けて、経営文化研究所の開設式の式次第を作成した。開設式は三週間後に挙行されることになった。その前に、春男は順子に会って、研究所の国際交流の仕事を頼んでおく必要があった。

晩秋の日曜日、春男は歌舞伎座の前で、順子と待ち合わせをした。順子は、肩と裾に花柄を配した訪問着を上品に着こなし、午前十一時の開演に間に合うように、右手のほうから、きりっとした高雅な表情で現れた。着物姿での観劇は、順子にとって大いに気分転換になるだろうと思った。二人は劇場の椅子に座った。春男は案内書の頁をめくった。出し物は、新歌舞伎、舞踊劇、義太夫狂言の三部構成だった。舞台上の舞踊劇の役者の熱演に心を奪われ、彼は夢を見ているような気持ちだった。

昼の部が終わってから、二人は銀ぶらをし、ウインドーショッピングを楽しんでから、女性に人気のある銀座のフルーツパーラーに入った。部屋の中央部の席は、ほとんど若い女性で占められ、あちこちから朗らかな笑い声が聞こえてきた。春男は植木鉢の近くの席に順子を案内した。洋風の椅子に座り、社長の令嬢と一緒に紅茶を飲み、ケーキを食べた。その間、春男は何だか妙にこそばゆい気持ちになり、落ち着かなかった。

順子は「舞踊劇が楽しかったわ」と言ってから「歌舞伎俳優といつお知り合いになったのですか？」と春男に尋ねた。

「大学生の頃です。友人が俳優だから、ぼくはよく歌舞伎座に通ったものです。三階の立見席で大向《おおむ》こうをやっていました。あの頃は無鉄砲なところがあったんですよ」

「大向こうって、何ですか」

「掛け声をかける人です。成駒屋！　成田屋！　大和屋《やまと》！　などと声をかける人がいるでしょう」

「分かりました。今日もいましたね。でも、いつ掛け声をかけるか難しそうね」

「演技のきまり、見得《みえ》の時ですね。大向こうは歌舞伎通じゃないとできません。ちょっと勇気がいりますよ」

「山村先生が大向こうをやっていたなんて、意外だわ」

二人は何となくおかしくなって一緒に笑い声を上げた。

「順子さん、新歌舞伎には面白いものがあります」

「どんなものがお好きなの？」

「岡本綺堂《きどう》作の『修善寺物語』です。この作品には性格が違う桂《かつら》と楓《かえで》という姉妹が出てきます。姉の桂は気性が激しく、気位が高い。妹の楓は気立てが優しく、情がある。順子さんは楓に似ていますね」

「案外、桂のほうかもしれませんよ」

春男はその順子の言葉にどきりとした。

「そんなことはない」

春男は即座にきっぱりと言った。順子は心底から楽しそうに笑った。


二人は歌舞伎座の前でタクシーを拾い、上野公園の近くの浜岡家の別邸に向かった。到着すると、家政婦が二人を玄関で迎えてくれた。

二人は和風の客室に入った。順子は「ちょっと失礼します」と言って座を外し、しばらくして、ワインカラーのワンピースに着替えて再び入ってきた。

「夕食の用意ができています。お嬢様の申された通りの料理をお作りしました」

テーブルの上に、家政婦は卵焼きと里芋煮の盛り合わせ、天麩羅、刺身、金平ごぼう、茶碗蒸し、初茸《はつたけ》の吸い物などを並べた。

「食物科の才媛の料理は凝っていますね。おいしいものばかりだ」

順子の献立に春男は感心して言った。

「そんなこと言われると恥ずかしいわ。先生がお好きな料理を並べただけなのよ」

「そう言えば、里芋や金平ごぼうが大好きだと言ったことがありますね」

「日本酒をお飲みになって下さい」

「少しいただくことにしょう。順子さんもどうですか」

「ほんの少しいただきます」

春男は寛いだ雰囲気に浸って、家政婦に勧められるまま、銚子二本の酒を飲んだ。

夕食が終わってから、春男は経営文化研究所の国際交流の仕事を順子に頼んだ。彼女は真面目な表情で考え込んでいた。

「来客として、外国人が来た時には英語でお話をする機会が多いのでしょう。私にはそのような重要な役目を果たすことはできませんわ。ただ、実際にお花を生けたり、茶の湯のお点前をご披露することならできます。でも、日本の衣食文化を英語で紹介することはとても無理な話ですわ」

「浜岡社長が、この話は順子さんに直接頼みなさいとぼくに言っていました。今の話で、順子さんは生け花と茶の湯のデモンストレーションができるということが分かりました。その上、日本の衣食文化の紹介は、本日、順子さんが実証してくれました」

「なんですって？　先生のおしゃっていることがよく分かりません」

「今日、順子さんは歌舞伎座で和服を着て観劇しました。今宵の食事は日本の秋期の代表的な料理です。本日、日本の衣食文化のデモンストレーションを行ったのですよ」

「あーら、何て大げさな話なんでしょう。歌舞伎座には和服がよいと思いました。夕食は先生の好きな料理にしました。ただ、それだけのことですわ」

「以上、すべてを考えてみると、やはり順子さんは我が研究所の国際交流担当に打って付けの人材なんですよ。これから二人で実務英語を勉強しましょう」

春男は一生懸命に自分の考えを力説してみた。順子は、神妙な顔つきで彼の話を一心に聞いていた。

「分かったわ。条件が二つあります。これからも先生が英語の家庭教師をして下さること。それから、外国人が来た時には必ず先生が付き添って下さること。以上、二つのことを約束していただけますの」

「二つの約束は必ず守りますよ。それでいいですね」

「では、ご協力いたします」

順子は、意外にあっさりと春男の頼みを引き受けてくれた。経営文化研究所の開設式が待ち遠しかった。

春男は順子との話し合いが済み、一つの懸案事項を仕遂げたという安堵感から気が緩《ゆる》み、さらに酒の酔いも手伝って、眠気を催した。

「先生は疲れているようだわ。研究所の開設でご多忙の様子でしたからね。ちょっとここで横になって、お休みになったらいかがですか？」

順子は、春男に毛布を掛けた。

「ちょっと失礼します」

春男は心地よくまどろみ、やがてぐっすりと眠り込んでしまった。

春男はやっと眠りから覚めかけたが、まだうとうととしていた時に、ふと、顔の上に甘い香水の匂いが漂い、順子の微かな息遣いが聞こえてきた。春男の唇にそっと口づけをして順子は去って行った。しばらく目を閉じたまま動かなかった。やがて、目を開けて、右手で自分の唇に触れてみた。その手は紅色に染まっていた。春男はぐっと起き上がった。

「あら、お目覚めですか。先生は大きないびきをかいて眠っていたわ」

順子は頬を紅潮させ、張りのある声で言った。

春男は身仕度を整え、「おいしい料理有難う」と言って、浜岡家の別邸を去ろうとした時に、順子は握手を求めた。

「今日のお芝居楽しかったわ。家が遠いから気を付けてね」

春男の両手を強く握り締めながら順子は優雅な微笑を浮かべて言った。

春男は力強い足取りで、上野公園を横切り、駅に向かって行った。すっかり酒の酔いが覚め、頭が冴えてきた。別れ際の順子の優雅な微笑が、突然、稲妻のように頭に閃き、大木の下にしゃがみ込んでしまった。

――今宵の順子の熱情は激しかった。甘い口づけに痺れた。彼の両手を強く握り締めた。何と大胆だったことか。しかし、あの高雅で、神秘的な彼女を抱き締めることはできなかった。彼とは違う優雅な世界に住んでいるからだ。彼女は奥座敷に座っている女性なのだ。しかし、奥座敷から出てきて、彼を求めている。彼は家柄にこだわっているのか。誰にもはばからぬ毅然とした男の態度は一体今、どこへいったのか。

春男は不意に立ち上がり、迫りくる焦燥に駆られて、夢遊病患者のように、公園の中をただ夢中で歩き回ってから、駅に着いた。


春男は、順子と歌舞伎座に出かけ、その後で夕食を共にし、うっとりするようなひと時を過ごしたこの日のことを決して忘れることができなかった。

その日から十日ほど過ぎた。春男は一通の毛筆の手紙を受け取った。差出人は浜岡順子だった。

山村春男様
いつしか、夜寒の身にしみる頃となりましたが、先生にはますますご健勝のこととお慶び申し上げます。

先日はお忙しい中を歌舞伎座にご招待下さり、有難うございました。心から感謝しております。

山村様は英語の先生で、弓道に精進しておられ、芝居などには縁のない方だというイメージを持っておりました。ですから、歌舞伎座に招待された時には、とても意外な感じがしたのでございます。そして、先生が歌舞伎に熱中し、「大和屋!」と掛け声をかけていた時期があったと知り、ほんとうに驚いております。先生の都合のよい時に、是非、また連れて行って下さいね。きっとよ。約束してね。お礼の手紙のつもりでしたが、おねだりになってしまい、申し訳ありません。

実は、私は風邪をこじらせて、一週間ほど入院しておりました。三日前に退院し、現在、元気に過ごしています。数日後に行われる経営文化研究所の開設式には必ず出席します。

先生にお願いしたいことがもう一つあります。今は内緒にしておきます。お会いした折にお話しします。

開設式および先生の記念講演が成功裏に終わるよう切望いたします。

なお、気候不順の折から、御身お大切にあそばされますようお祈り申し上げます。

かしこ

昭和四十年十一月

浜岡順子

春男は、順子の見事な毛筆の字体を見て、英語のカリグラフィの達人と言われているアメリカ西海岸の州立大学のロバート・T・マッカーシー教授を思いだした。その時、研究所の国際交流活動の一環として、日本語と外国語の書道の展示会を行うことも意義のあることではないかという考えが頭に閃いたのだ。開設式の日に、春男は日本の書道も研究所のプログラムの一つに入れるように順子に依頼するつもりだった。

経営文化研究所の開設式は成功裏に終わった。式典には、来賓として、浜岡社長の友人で、総合貿易会社の会長である野原洋一郎氏が出席した。式典の後で、春男は「アメリカにおける自由企業の発展」と題する記念講演を行った。夕方には開設祝賀パーティーが開催された。

宴たけなわの頃、浜岡社長が春男に近づいてきた。

「山村先生、野原氏を研究所の顧問に迎えたいのだがどうかね」

浜岡社長は明るい調子で言った。

「勿論、賛成です。野原氏は強力な後援者になります」

ビジネス経験のない春男はそう思って言った。

ちょうど、その時、春男の目の前が急に眩《まぶ》しく輝いた。花模様の京友禅の訪問着で身を装った順子が現れたのだ。

「山村先生、研究所の開設おめでとうございます。今日の先生のご講演の前半はむずかしかったけど、後半では、アメリカ企業の実情を、具体的に例を挙げて説明されたのでよく分かったわ」

順子は率直に春男の講演の感想を述べた。ビジネスマンを対象にした講演としては、少し内容が抽象的ではなかったかと思って、春男は内心忸怩《じくじ》たるものがあった。順子の言葉でいくぶん救われたような気分がした。

「山村先生、野原氏に研究所の顧問を依頼する件だが、幸いこの祝賀会に出席しているので、今、私から話しておくよ。そこで、日を改めて、山村先生と国際交流担当の順子と二人で、野原さんの自宅に表敬訪問をしていただきたいのだ。承知してくれるね」

「はい、勿論ですとも。できるだけ早く参ります」

「是非そうしてくれ。訪問したついでと言ったら何ですが、野原邸の別棟で、近代絵画を鑑賞するのも一興だ。順子も先生と一緒に見てくるといいよ。絶好のチャンスだよ」

浜岡社長は、順子に情愛のこもった眼差しを向けた。

翌日、春男は研究所の書棚から、重い紳士録を取り出して、野原氏の経歴に目を通した。野原氏は、春男が学んだアメリカ西海岸の州立大学に留学し、経営学修士の資格を取得していることが分かった。戦前の大学の様子を野原氏から聞くことができると思って、面会の日を楽しみに待った。

十一月下旬の昼下がり、春男と順子は上野駅で待ち合わせをした。改札口のほうから正装した順子が颯爽と現れた。彼女は、裾が足首まで届くような淡い紫色のロング・ドレスに身を包み、帽子を被り、白皮製の手袋と小型のハンドバッグを手に持ち、パンプス型の靴を穿いていた。パールの首飾りが、順子の服装全体を引き締めていた。二人は駅前でタクシーを拾って北区にある野原邸に向かった。

門を入ると正面に二階建ての洋風の家があった。和服姿の野原氏と令夫人が出迎えて、二人を応接室に案内した。午後の紅茶を飲んでから、野原夫人の案内で庭園を散歩し、別棟に展示されている絵画を鑑賞することになった。二人は野原夫人の後に付いて行った。家の横の広い芝生の周りに密集している山茶花が、厳しい寒気に耐えて紅色の花を咲かせていた。庭園の花壇には沢山の躑躅《つつじ》が植えられ、その隣には多種多彩な薔薇の花が香り高く咲いていた。奥のほうにはの楓《かえで》の木が立ち並び、午後の陽射しを受けて赤く染まっていた。

「東京の真ん中にこのような素晴らしい庭園があるとは思いませんでした。とても美しいわ」

順子は感動して春男に寄り添うようにして言った。

「この季節には寂しい庭園に変わってしまいます。春には、梅、桜、牡丹、躑躅などが咲いて美しいのですがね。また、お二人で春の花見時にいらっしゃい。順子さん、外は寒いでしょう。そろそろ別棟のほうにまいりましょうか」

野原夫人は順子にいたわりの言葉をかけた。

「奥様、順子さんは国際交流を担当しています。春に外国人をお招きして、この庭園でお茶を差し上げたいと考えていますが、よろしいでしょうか。自然の中でお茶を点《た》てることも興趣を添えるものと思いますが」

春男は急に思い立って提案した。

「どうぞご遠慮なくお使い下さい。私もお手伝いします」

野原夫人は気さくな態度で言った。

三人は別棟の前に来た。

春男は、野原夫人の案内で、別棟に入り、順を追って日本画と洋画を見ることにした。

順子は、別棟の前に立って、名残惜しそうにいつまでも芝生の周りの山茶花を眺めていた。

「山村先生、私は主人に連絡したいことがありますので、ここで失礼しますけど、どうぞお二人で存分に東洋と西洋の近代画を鑑賞されて、先ほどの応接室に戻って来て下さいね。ささやかですが夕食の用意をしております」と野原夫人は言って、別棟の入口で順子に挨拶してから、しとやかに立ち去って行った。

二人は絵を鑑賞してから三十分ほどベンチに座って、ゆっくりと休憩を取った。


春男と順子は、再び野原邸の応接室を訪れた。野原会長はがっしりした骨格の人で、色艶がよく、健康そうに見えた。令夫人は、気さくで、人当たりがよかった。二人は野原夫妻と向かい合って座った。


「経営文化研究所の顧問の役、喜んでお引き受けしますよ」

野原会長は悠揚迫《ゆうようせま》らぬ態度で言った。

「本日は庭園を散策した後で、別棟で近代絵画を鑑賞する機会を与えて下さり、ほんとうに有難うございました」と春男はお礼の言葉を述べてから、「野原会長は、ぼくが学んだ大学と同じアメリカの大学に戦前留学されたと聞いておりますが。実はぼくはこの秋に帰国したばかりです。戦前のアメリカの大学の様子をお聞きしたいですね」と前もって準備していた質問をした。

「実は、浜岡社長から、先日の開設祝賀会の折に、山村先生も私と同じ大学に留学したと聞いて驚いたよ。偶然というか、やはり縁があったのだね。経営学を専攻した。私の会社を設立するに際しては、アメリカ留学の経験が非常に役に立ったと思う。日米関係がだんだん悪化し始めた頃に帰国することになったのだよ」

野原会長は残りのコーヒーを飲み干し、急に饒舌になり、留学時代の話を始めた。

「日本人の先輩で、大学で一番の成績をおさめた秀才がいたがね。政治外交の分野で世界的に活躍した人物だ。しかし、彼の外交政策によって、日米関係はかえって悪くなってしまった。皮肉なもんだね」

そう言ってから、息を入れて、野原会長は話を続けた。

「後味の悪い話はよそう。愉快な話をしよう。同級生で谷沢という豪傑がいた。忘れられない思い出がある。山村先生も知っていると思うが、アメリカ人はスルメイカの焼いた匂いが嫌いだ。死体の匂いがするという。谷沢はそれを承知の上で、よりによって、女子寮の前でスルメイカを焼き、団扇《うちわ》であおいで、その煙を室内に充満させたのだ。当然、女子寮生の顰蹙《ひんしゅく》を買った。谷沢は国際課長にこっぴどくとっちめられたよ。とうとう寮を追い出された。ほんのジョークのつもりだったんだろうがね。憎めない男だったなあ」

野原会長は不意に言葉を切って、無邪気に笑い出した。

「日本人の好きな匂いを吸ってみよ、という訳だね。そんなことができるのは学生時代だけですよ」

春男は一緒になって笑った。令夫人も順子も声を合わせて笑った。

「ところで山村先生は英語には苦労しなかっただろう。英文学科出身だからね」

「はい、英文学科出身ですが、聞いたり、話したりするのは不得意でした」

「私は何の準備もせずアメリカに留学したので、英語の理解力が不足していた。それでしゃにむに英語を勉強し、次に専門科目に挑戦し、何とか学位を取得して帰国することができた。アメリカに留学して、速戦即決の処理能力を身につけたことは確かだね」

「同感です。ぼくはアメリカの実用主義に驚きました。しかし、アメリカの企業の根底には強い倫理意識が存在していることに感心しています。キリスト教の影響でしょうかね」

「そうだと思う。アメリカでは企業倫理が確立されている。つまり、極端な弱肉強食のビジネスはあってはならないということだ。金儲けだけのビジネスに走ると、会社間、社会間、地域間、民族間、国家間で必ず紛争が起こる。だから、企業倫理がなければならない。ビジネスにおける共存共栄の哲学こそ世界平和をもたらすものだと思う。もう戦争はしたくないね。我々、一人一人が外国を理解する国際人になることだ。山村先生は記念講演の時に、国際人の条件について熱っぽく語っていたね。要点は何でしたかね」

「第一、外国の人々に自分の意見をはっきり伝えることができて、相手の意見も正しく理解できる人。第二、外国の文化を正しく理解し、かつ自国の文化の特質を明確に伝えることができる人。異文化の相互理解こそ、野原会長のおっしゃる共存共栄の基本になると思います。もし、アメリカの指導者が、異文化の相互理解、共存共栄の哲学を放棄したら、地球上に大混乱が起こります。また、戦争になります」

「うーむ、その通りだ。アメリカの同盟国として、我々は絶えず世界の動向に目を向ける必要があるからね」

野原会長は深刻な表情で周囲を見回して言った。

「さて、どうも話がむずかしくなってきたね。順子さんが退屈そうな顔をしているから、これから夕食にしよう」

野原会長は順子に優しい眼差しを送った。

「野原会長、大変勉強になりました。先ほど、山村先生も奥様にお願いしましたが、この庭園に、外国人を招待してお茶を差し上げたいのですが、よろしいでしょうか」

順子は、活発に意見を述べた。

「それこそ、異文化理解にとって大切なことだ。大賛成だよ、順子さん」

野原会長は微笑んで言った。

「順子さん、私もお手伝いしますから、大丈夫よ」

野原夫人のこの言葉を聞いて、順子は嬉しそうな顔をした。

夕食の時間になった。

夕食会は一階の食堂で行われた。部屋の北側に暖炉があり、中央には、外国製の伸縮自在の豪華なテーブルと、背もたれの高い椅子が並べられていた。一同はテーブルを囲んで雑談をした。

程なく、酒肴《しゅこう》が運ばれてきた。

「今夕は、山村先生と国際交流担当の順子さんをお迎えできて嬉しいですな。我が家は洋風だが、洋食ではなく、日本料理を用意した。順子さんが、外国人に日本料理のデモンストレーションをするという話を聞いたものだから、私どもも日本料理にしようということになったのだよ」

野原会長は顎《あご》を撫でながら言った。

「野原会長、そうおっしゃられたら、私は緊張してしまうわ。まだ、料理の勉強をしているところです」

順子は恥ずかしそうに言った。

「まあ、まあ。そんなにかたくならずに、楽しく食べよう」

野原会長は穏やかな口調で言った。

「山村先生、順子さん、よくいらっしゃいました。ささやかな夕食ですが、どうぞごゆっくりお召し上がり下さい」と令夫人は言ってから、「あなた、乾杯の音頭を取って」と低い声で野原会長に催促した。

一同は野原会長の音頭で乾杯をし、日本酒を飲んで楽しい気分になった。一同は会席料理を味わった。

野原邸を出た時には、とっぷり日が暮れていた。春男と順子は上野公園前でタクシーを降りた。階段を登って、公園のベンチに座った。常夜灯が二人の影をぼんやりと地面に映していた。

「順子さん、今日はほんとうに有難う。お疲れだったでしょう。直接、順子さんの別邸までお送りすればよかったんですが、手紙にお願いがあると書いてあったので、それを聞いてからお別れしようと思っていました」

春男がそう言った時に、順子はくすくす笑った。

「順子さん、なぜ笑っているの？」

春男は怪訝な顔で尋ねた。

「お手紙に書いたことはね、半分冗談です」

「そうすると半分は本気だということですね？」

「そうです」

「順子さんの頼みなら聞いてあげますよ」

「ほんとうですか？　先生はずるいと思うわ」

「何がずるいんですか？」

春男は不意に身を硬くして言った。

「歌舞伎座に行った日のことです。先生は酒にお酔いになって眠ってしまったわ。でも、少し時間が過ぎて、私が口づけをした時には、目を覚ましていたのよ。どうして応えて下さらなかったの？　たぬき寝入りをしていたでしょう。ちゃんと分かっているんですからね」

「ああ、あの時ね。うとうとしていました」

「今夜、口づけのお返しをして頂戴！」

「なんだ、そのことですか。もっと重大なことかと思っていました」

「私にとっては重大なことです。プライドがありますわ」

春男は順子を軽く抱いた。

「もっと強く抱き締めて！」

「順子さん、ほんとうにいいのね」

春男は強く抱き締めようとしたが、一瞬、躊躇した。

「良家のか弱いお嬢さんをがむしゃらに抱き締めてるなんて……」

春男は微かに呟いた。

「先生！　何かおっしゃった？」

順子は敏感に反応した。

「いや、何も……」

春男は咄嗟《とっさ》に答えた。

その時、順子は息を弾《はず》ませ、両手で春男を抱き締めて、彼の胸に顔をうずめてきた。春男は彼女の白い項《うなじ》とふっくらした背中を愛撫し、彼女の顔を起こしてそっと唇を重ねた。

「先生！　もっと強く、強く！」

順子は喘《あえ》ぎながら叫ぶように言った。

春男は強く順子に口づけをした。順子は肩を震わせ、両脚を平行に伸ばした。彼女の両手の細い指が彼の体に食い込んできた。

「もっと、強く、強く！」

春男は荒々しく順子を抱き締めた。二人の息遣いが激しくなった。春男は彼女の唇をむさぼり続けた。やがて、彼女の嗚咽が漏れた。順子はぐったりとなって、彼の膝の上に身を埋《うず》めた。

春男は一種異様な興奮を覚えて、胸の動悸を全身で感じ取っていた。辺りには夜の寒気が襲ってきた。春男は順子を抱き上げ、自分のコートで、彼女のしなやかな身体を包んだ。

「先生は優しいのね。有難うございます」

順子は、恥ずかしそうに、しかしはっきりと言った。

春男は我にかえり、順子を公園の近くの別邸に送り届けてから、電車に乗り込み、今日一日の目まぐるしい出来事を映画のスクリーンを見ているように次々と思い浮かべていた。

七

山村春男が経営文化研究所の所長に就任してから、間もなく、半年が過ぎ去ろうとしていた。春男は経営文化の視点から、戦前と戦後の日本の貿易構造を比較考察し、今後の日本の貿易を展望する報告書をまとめようとしていた。機会を見て、外国の企業の経営者の意見を聞いてから、最終結論を出すつもりだった。

折しも、浜岡社長は、フランクフルトに本社がある欧州貿易会社のパウアー社長夫妻を浜岡貿易会社に招聘し、今までの業務提携の功績に敬意を表することに決定した。日本におけるパウアー社長夫妻のスケジュールは、経営文化研究所の国際課が作成することになった。春男は先頭に立って、国際電話で緊密な連絡をとりながら、社長夫妻の招聘準備を進めた。

五月の爽やかに晴れた午後、バスの窓から緑したたる樹木を眺めながら、春男と順子は羽田空港に到着した。飛行機の到着は三十分ほど遅れたが、パウアー社長夫妻は、普段着の姿で、元気な笑顔を見せて到着出口に現れた。二人は社長夫妻に歓迎の挨拶をした。春男は夫妻をリムジンバスまで案内し、順子は夫人の隣に、春男は社長の隣に座った。前の座席で、順子は英語で身振り手振りを混ぜて夫人と話していた。

「東京の五月は、寒くなく、暑くなく、快適な気候です。今は躑躅《つつじ》の季節です。道路沿いに躑躅《つつじ》の花が沢山咲いていますからご覧下さい」

春男がそう言うと、社長は窓の外へ目を向けた。

「多彩な変化に富んだ珍しい花だね」

社長は不思議そうな顔をして言った。

「その通りです。社長は観察眼が鋭いですね」

春男は社長の言葉に感銘を受けた。

リムジンバスが市街地に近づいた頃、社長は物珍しそうに、アパートの窓のほうを眺めていた。

「あれは何が干してあるのかね。どの部屋も同じようだ。花柄のものが多い」

社長は興味津々たる表情だった。

「パウアー社長、今日は天気がよいので、各部屋の住人が布団《ふとん》を干しているのですよ。日本人は太陽の光を大切にします。布団干しは日本の習慣です。ちょっと体裁が悪いのですがね」

「ああ、そうかね。先ほどから、不思議に思っていた」

二人が会話をしている間に、リムジンバスは東京駅近くのホテルに到着した。

パウアー社長夫妻がホテルで一時間ほど休憩した後で、夫妻をフランス料理店に招待したい、と春男は申し出た。

「フランス料理店で夕食会をするのかね。ここは日本だ。どこか普通の日本人が食べる庶民的な日本食の店に連れていってもらいたい。一般大衆の有りのままの姿を見たいのだ。前もって言っておけばよかったのだがね。急なお願いで申し訳ないが、よろしく頼むよ」

パウアー社長は、はっきりと自分の意見を述べた。

予定していたホテル内のフランス料理店は、いつも空席が多かった。春男は前もって予約していなかったので、ほっと息をついた。

「気が利かず失礼しました。では、日本の代表的な大衆レストランに案内します」

春男は頭の中に、東京駅と銀座の中間点にある、サラリーマンが集まるレストランを思い浮かべて言った。

一同は、一時間後にホテルのロビーで待ち合わせることにして別れた。春男は順子と一緒にホテルの喫茶室に入った。

「順子さん、大衆レストランに行くのは初めてでしょう。浜岡社長にこのことを言ったら驚くと思います。でも、お客さんの希望です。案外楽しいかもしれませんよ。ぼくは何度も行ったことがあります」

「私も行ってみたいわ。どんなところなの？　きっと楽しいと思います」

順子は胸をわくわくさせて言った。

「それは行ってからのお楽しみ！」

春男は順子の紅茶に角砂糖を入れながら言った。その後で、二人は目を合わせて笑った。

二人はパウアー社長夫妻を、木造二階建ての和風の大衆レストランに案内した。中に入ると、煙が立ち込めており、甘辛い焼き鳥の匂いが鼻を突いた。一同は奥の隅のテーブルを囲んだ。

「飲み物は何にしますか」

春男は社長に尋ねた。

「ジョッキでビールが飲みたい」

社長は楽しそうな顔で言った。

春男は社長夫妻の希望を聞いて、焼き鳥、おでん、天麩羅、豆腐などを注文した。

料理が全部テーブルに並べられてから、一同は春男の音頭で乾杯した。社長は焼き鳥を頬張り、夫人と順子は天麩羅に舌鼓を打ち、春男はおでんに目がなかった。一同は明日の行事のことなど忘れて日本料理を味わいながら談笑した。社長夫人の趣味はテニスだった。二人はテニスが縁で結婚したという。社長は経営学を学んでビジネスマンになり、夫人は医学を志して、大学病院の医師になった。今でも二人はテニスという運命の糸で結ばれているそうだ。

「社長はお医者さんと一緒に旅行しているのですから、安心ですね」

春男は微笑んで言った。

「その通りだ。いつもパウアー夫人はバッグの中に薬品一式を入れている。でも、お互いにテニスで体を鍛えているから、薬の厄介になったことはない。山村先生はどんなスポーツが好きなの？」

社長はいくぶん酔いがまわり、表情を和らげ、春男に気軽に話しかけてきた。

「弓道です。弓道場が遠いので、毎日練習ができないのが残念です」

「弓道だね、私は学生時代に洋弓を練習した。滞在中に折を見て、道場に案内して下さい」

「かしこまりました。スケジュールに入れておきます」

春男はポケットから予定表を取り出し、弓道場見学の件を付け加えてから、

「さて、皆さん、次に何が食べたいですか」と皆を見回しながら尋ねた。

「そうだね、棚の上の皿に載っている三角形の黒っぽい菓子がおいしそうだね」

社長は物珍しそうな眼差しを皿のほうに向けた。

「私はその隣にある丸い茶色のケーキがいいわ」

社長夫人は無邪気な表情で言った。

「私も社長夫人と同じものをいただきますわ」

順子は迷わずに言った。

「皆さんのご要望はよく分かりました。パウアー社長が申された三角形の黒っぽい菓子というのは、海苔《のり》で巻いたお握りです。中に梅干し、鮭《さけ》、鱈子《たらこ》、昆布《こんぶ》などが入っています。パウアー夫人の注文した丸い茶色のケーキとは、饅頭《まんじゅう》です。中に餡《あん》が入っています。私には、皆さんのご要望のものが、お口に合うかどうか分かりません。食べてからのお楽しみです。それでよろしいですか」

春男はおどけた調子で言った。

お握りと饅頭がテーブルの上に運ばれた。社長は梅干し入りのお握りを手に取り、いかにも酸っぱそうに口をすぼめて、どうにか一個食べることができた。夫人は饅頭をひと口食べて、後は残してしまった。春男と順子は饅頭をおいしそうに食べた。

一同はビールを飲みながら、にこやかな顔で再び話し出した。

「明日の予定をお聞きしたい」

社長は真面目な顔で聞いた。

「感謝状の授与式の後に、レセプションがあります。それが済んでから、午後三時頃に、野原邸の庭園でお茶を差し上げます。野原夫人がお客様を招く亭主となり、順子さんがアシスタントの役を務めます」

春男は丁寧に説明した。

「それは楽しみだ。順子さん、茶の湯は初めてだから、事前に私とパウアー夫人のご指導をお願いしたい」

社長は単刀直入に順子に言った。

「分かりました。今からそう言われると緊張してしまいますわ。でも、久しぶりの茶会ですから、私も楽しみにしております。明日のレセプションの後で、お茶のいただき方を申し上げます。当日は山村先生が隣にお座りになりますから、ご安心下さい」

順子は英語でゆっくりと落ち着いて話し、恥ずかしそうに微笑んだ。

「順子さん、茶会にはどんな服装をして行ったらよろしいの？」

夫人は順子に尋ねた。

「レセプションの時の服装でよろしいと思います。山村先生、それでよろしいでしょう？」

「そうです。レセプションの後で少し早めに野原邸にまいりましょう。ぼくが順子さんと一緒に社長夫妻を案内します」

春男は順子を安心させるように気を配った。

「山村先生、明日の表彰式の服装を確認しておきたいのだが」

社長はジョッキをテーブルの上に置いて尋ねた。

「ドイツで着用する礼服でご出席下さい。令夫人も同様です」

春男の言葉を聞いて、社長夫妻は頷いた。

最近、日本人は外国の諸行事に出席する機会が多くなってきた。その際に、どのような服装をしていったらよいか、ということに春男は気を付けるようになっていた。服装に関する社長の質問も、春男には十分理解できることだった。

アメリカに留学中、春男は時・場所・場合の内容を考えずに、あるパーティーにジャンパー姿で出席し、出席者の顰蹙《ひんしゅく》を買ったことがあった。その時以来、外国滞在中に、春男は各種のパーティーに和服で出席することにした。

そもそも人間の服装は、気候、風土、国民性によって異なるものである。和服の場合には、原則的に、昼間用と夜間用の区別がない。和服は風呂敷と同様に適応性に富み、きわめて便利だと春男は思うようになった。そのような考え方を踏まえて、今回の表彰式では、ドイツ人はドイツで着用する礼服で出席するのが最もふさわしいと思ったのだ。

パウアー社長は酔いが回り、にこやかに談笑していた。一同は十分に飲み、食べた。大衆レストランにおける夕食会は終わりに近づいた。

「社長夫妻に申し上げます。明日、茶会が終わったら、いったんホテルにお戻りになり、普段着に着替えて、お休みになって下さい。午後六時頃にお迎えにまいります。浜岡社長の別邸で夕食会を行うことになっています。ごく内輪の集まりです」

春男は散会する前に明日の予定について述べた。

「山村先生、了解しました」と社長は言ってから、「今宵は、大勢の日本人と一緒にビールを飲み、数々の日本食をいただき、ほんとうに楽しかった。お礼を申し上げる」と述べて、周りの常連客にも陽気な笑顔を振りまいた。夫人も満足そうに微笑んで、お礼の言葉を繰り返した。

外に出ると、五月のそよ風が、心地よく頬を撫でた。


パウアー社長に感謝状を授与する表彰式は、午前十時に東京の千代田区のホテルで挙行された。来賓として、関係省庁や経済界の代表が数人出席した。表彰式の後で、同ホテルで開催されたレセプションでは、日本舞踊が披露された。

表彰式とレセプションは成功裏に終わった。司会進行役を務めた春男は、控え室に戻り、ビールを一杯飲み干して、一息入れた。ちょうどその時に、順子が控え室に入ってきた。

「先生、お疲れ様でした。今度は私の番になります。先生、よろしくお願いします」

順子は緊張した表情で言った。

「これから野点《のだて》ですね。順子さん、〈和敬清寂《わけいせいじゃく》〉の精神で臨みましょう。落ち着いて、落ち着いて」

春男は順子を励ました。

「先生、通訳よろしくお願いしますね」

順子は訴えるように言った。春男は、順子が「お点前《てまえ》」の作法を説明するのがむずかしい、と昨日話をしていたことを思い出した。

「大丈夫、任せておきなさい。ところでね、順子さんにお願いがあります」

「何でございますか、先生」

「野点《のだて》の時に餡《あん》の入った和菓子を出さないでほしい」

「どうしてですか」

「昨日、夕食の時に、パウアー社長夫人は饅頭が食べられなかったでしょう」

「先生、よく気がつきましたね」

「他に何かない？」

「京都の知人よりいただいた観世水《かんぜすい》はいかがでしょうか」

「それがいい」

春男は納得して言った。


パウアー社長夫妻の一行が、野原邸に到着した。五月の太陽の光が、建物のステンドグラスをきらきらと輝かせていた。家の正面玄関に向かう途中には、牡丹の花が横に張り出すように咲いていた。庭園の左側では躑躅《つつじ》の花が紅《べに》・紫《むらさき》・白の三色で彩りを添えていた。

野原夫人は、庭園の右側の芝生に、野点の準備を調えた。大きな傘の中には短冊と山芍薬《やましゃくやく》を挿した佐野の竹筒花入れが掛けられていた。一同は亭主の野原夫人に挨拶し、前方の短冊と花を拝見した。春男は、短冊には、

武蔵野の　つつじが原に駒止めて
はるばる来ぬる　旅をこそ思へ
小原行雲

と書かれており、この短歌は、はるばる東京へ来られた客人への思いを主題にしたものだと述べた。上座には主賓であるパウアー社長が座り、隣に社長夫人と春男が座った。

社長は豪放な性格で、何事も飲み込んでしまうという大らかさがあった。一方、夫人は陽気な性格だが、食物の嗜好《しこう》がいくぶん偏っているように思われた。ふと、夫人は観世水《かんぜすい》を食べることができるだろうか、という不安が春男の胸に込み上げてきた。

花柄の江戸小紋の和服を着た順子は、すり足で社長の前に、菓子器を持ってきた。社長は、一瞬、目を丸くしたが、すぐに落ち着いて、次客《じきゃく》に「お先に」と次礼《つぎれい》をし、懐紙《かいし》の上に

お菓子を載せ、器《うつわ》を次客に送り、おいしそうに食べた。数秒が過ぎた。春男は心配そうに、夫人の横顔を覗きこんだ。夫人は満足そうに観世水《かんぜすい》を味わっていた。年季を入れた菓子職人の作った味は、世界共通においしいのだと思い、春男はようやく安堵した。

亭主(野原夫人)は、落ち着いた表情をたたえてお点前を続けた。順子は、しっとりとした動作で茶を運んだ。

亭主の心尽くしに感謝し、丁寧にお辞儀をして茶席を去った時には、パウアー社長は、初めての経験で緊張したせいか、汗を拭いながらほっと息をついた。順子は、小走りに追いつき、一同にお礼を述べた。

「ご出席下さり、有難うございました。私は少々緊張してしまいました。皆様、茶の湯の精神にお触れになって、満足していただけたでしょうか」

順子は周りに響くような澄んだ声で言った。

「満足! 大いに満足! 茶の湯の点前はキリスト教のミサの儀式に似ている」

社長は大きな声で言って、順子に向かって優しく微笑んだ。

「順子さん、夕食の時にお会いしましょう」

春男はそう言って、社長夫妻をホテルまで送って行った。

浜岡社長夫妻は、パウアー社長夫妻を夕食会に招待した。浜岡社長の別邸で行われた夕食会に、春男と順子が出席した。夕食のメニューは順子の発案で作られ、家政婦がその指示通り料理した。

応接室で浜岡社長夫妻が待っていた。パウアー社長夫妻が近づくと、浜岡社長夫妻はにこやかに微笑んで歓迎の言葉を述べた。

「ご招待有難うございます」

パウアー社長夫妻はドイツなまりの英語で交互に言った。

両夫妻は握手をした。

一同は食堂の椅子に座った。食前に日本酒が出された。浜岡社長は「堅苦しい挨拶は抜きにして、日本酒を味わいましょう」

と言って、乾杯の音頭を取った。

その後で、パウアー社長は、この度の招聘について、感謝のスピーチを英語で述べた。春男はドイツなまりの英語を通訳するのに苦労した。

やっと夕食会が始まった。一同は初日の行事が終わったという安心感から、酒の酔いが回ってきたようだった。

一同は飲んで食べた。食事が終わりに近づいた。

「今宵はパウアー夫妻に日本酒と日本食を楽しんでいただきました。ここは日本です。これから、日本式に都都逸《どどいつ》を歌って酒宴を盛り上げたいと思います」

頃合いを見計らって、浜岡社長が発言した。

浜岡社長は部屋中に響きわたる澄んだ声で都都逸《どどいつ》を歌った。パウアー社長は、椅子の背にもたれて、耳を傾けていたが、歌が終わると、

「日本的な情調がある曲ですね」

と感想を述べてから、さらにもう一曲を所望した。

浜岡社長は相好《そうごう》を崩《くず》して、二曲目をもっと大きな声を出して歌った。歌が終わると周りから拍手が起こった。

「都都逸《どどいつ》は三味線などの伴奏で歌う俗曲で、男女相愛の情を歌ったものです」

春男が英語で説明すると、パウアー社長はにっこり頷いた。

「次は山村先生の番だ。ドイツ語の歌を頼むよ」

浜岡社長は春男を指名した。

春男は、大学予科時代に覚えた「野ばら」をシューベルトとヴェルナーの曲で、ドイツ語で二回歌った。

日本に入国以来、ドイツ語に接する機会がなかったパウアー社長は、急に元気が出てきて、見る見る顔が紅潮してきた。

「次に私がドイツ語で歌いましょう」

パウアー社長は軽く咳払いをしてから、シューベルト作曲の「菩提樹」を歌い出した。夫人も一緒に歌った。一番が終わってから、春男は二番を歌った。シューベルトの曲が部屋の中にこだまして、宴会は最高潮に達した。

歌が終わって、静かになると、パウアー社長が順子のほうに眼差しを向けて、

「順子さんがサービスしてくれた菓子と茶はとてもおいしかった。こんどは歌をお願いしたい」

と言って、明るい笑顔を見せた。順子は躊躇していたが、やがて椅子から腰を上げた。皆が順子に注目した。

「私の心の歌を聞いていただきます」

順子は神妙な顔つきで「宵待草」を歌った。

「日本的な情調があって、美しい曲だ。だが、ちょっと悲しくなる。順子さん、明るい歌をお願いしたいね」

パウアー社長は、酒宴を明るい雰囲気に盛り上げたかったようだ。

「分かったわ。私の青春愛唱歌の中から選びます」

順子はしばらく考えてから「おお牧場は緑」を明るい表情で、両手を上下に振りながら、楽しそうに歌った。

パウアー社長夫妻、浜岡社長夫妻ともども顔を輝かせ、歓声を上げながら拍手をした。

夕食会は楽しみの余韻を残して、お開きとなった。春男は、パウアー社長夫妻をホテルまで送り届けてから、再び浜岡家の別邸に戻った。翌日、パウアー社長は、経済人パーティーの席上で講演をすることになっていた。春男はその講演の通訳者として、早朝、パウアー社長と打ち合わせをしなければならなかった。遠距離通勤の春男は、万が一電車が遅れると困るので、浜岡家の別邸に泊まることになったのだ。

春男は二階の洋間に案内された。ベッドに寝るのは、アメリカ留学以来初めてのことだった。静かに目を閉じたが、一階の和室に寝ている順子のことが気になって、なかなか眠れなかった。

春男の脳裏に過去の思い出が次々と甦ってくる――歌舞伎座に出かけた日、夕食後、和室でうたた寝をしていた時に、春男は順子から口づけされたのだった。……上野公園のベンチで、順子は大胆にも、「今夜、口づけのお返しをして頂戴！」と言ってのけた。

――洋間の暗闇の中で、順子は目を大きく開け、しなやかな両手を広げて、春男の眼前に迫った。一瞬、彼は身をかわした。彼女は「先生はずるいのよ」と言った。すると、彼を睨《にら》んでいる彼女の顔が天井に青白くぼうっと浮かんだ。次の瞬間、和服を着た彼女が、憂いを含んだ顔でベッドの側に立っていた。彼女のしとやかな姿には、しっとりとした魅力があった。「順子さん」と春男は呼んだ。順子はこっそりと暗闇の中に姿を消した。

その時に、彼は目を覚ました。

春男は、一週間、パウアー社長夫妻の介添え役を務めた。経済人対象の講演会、関連企業の工場見学、弓道場での実技見学、日光見物など、パウアー社長夫妻の日程は予定通り、無事終了した。

三ヶ月が過ぎた。この間に、春男は、生涯忘れることができない、悲劇的な出来事に遭遇した。

昭和四十一年八月、浜岡社長は夫人同伴で、欧州視察旅行に出かけ、フランクフルトでパウアー社長に再会してから、イタリアのベネチア、フィレンツェ、ローマ、ナポリ、ソレントを訪れ、ソレントからカプリ島に渡り、そこから船でナポリに着いた後で、自動車事故で急死したのだった。

浜岡貿易会社では、副社長が浜岡社長の後継者となった。経営文化研究所は、開設の方針にしたがって存続することになった。しかし、春男は、国際的視野から常に未来を展望することができる気骨の人浜岡社長を失って以来、経営文化研究所の運営に一抹《いちまつ》の不安を感じていた。

さらに、春男は、浜岡順子が病気治療のために入院を余儀なくされたという知らせを聞いて、強い衝撃を受け、目の前が真っ暗になった。

春男の身辺にも変化が起きた。母は奥座敷に春男を呼んだ。

「春ちゃん、田原友子さんとの見合いの話が、ずっと延期されたままになっている。先様に申し訳ない。経営文化研究所が開設されて、やっと見合いができると思っていた矢先に、浜岡社長夫妻がお亡くなりになって、春ちゃんも何かと忙しかったことは分かる。だが、会社のほうも新しい社長が決まって落ち着いてきたことだし、もう見合いの話を進めてもいいんじゃないの？　私は野良仕事ができなくなってきた。年は争《あらそ》えない。時々床《とこ》に伏せている始末だ。いつなんどきお迎えが来るか分からない」

「母さん、お迎えが来るなんて……縁起でもない。母さんはまだ元気だよ。弱気になるなよ」

「分かったよ。でも、羽織袴を身に着けて、結婚式場に向かう春ちゃんの凛々《りり》しい姿を早くこの目で見たいのよ」

「母さんの気持ちはよく分かっている」

「だったら、早く見合いの話しを進めなさいよ。まさか、順子さんのことをずっと思い続けている訳じゃないでしょうね。何だか、春ちゃんの顔に、順子さんが好きだ、と書いてあるように思えて仕方ないのよね」

「ほんとうにそう思えるの？」

「だって、こんなに小さい頃から、春ちゃんのことはよーく知ってるんだからね」

母は右手を低く水平に動かして微笑んだ。

「うーむ。母さんにかかってはかなわないよ」

「順子さんのことはね、春ちゃん、この際、思い切って諦めなさいよ。前にも言ったように、家柄が違うんだからね」

「順子さんは結婚できないと思う」

「どうしてなの？　順子さんには、どこか会社の重役の息子さんなど、分相応の結婚相手がいるでしょう」

「そういうことを言っているんじゃないんだよ」

「どういうことなのよ？」

「順子さんは、今、病気で長期入院しているんだよ」

「そういうことなのね。三ヵ月、それとも半年くらい入院するの？」

「賢一君の話では当分退院できそうもないと言うんだ。母さん、このことは誰にも内緒だよ。可哀想な人だ！」

「そういう訳ね。結局、春ちゃんはどうもがいても、順子さんと結婚できない運命なのよ」

「順子さんは誰にも頼る人がいないんだ」

「よく分かるよ。浜岡社長夫妻が亡くなってしまったからね。弟さんがいるけど、まだ若い。でも、春ちゃんが面倒を見る義理はないでしょう。親戚でもないのに」

「それはそうだ。でも、順子さんは、研究所ではぼくの部下だからね。できるだけ、病院に見舞いに行ってやるつもりだ」

「うん、うん、でも、度《ど》が過ぎないようにね。……さて、順子さんの話に夢中になってしまった。話を元に戻そうよ。見合いはいつにするの？」

「私の周りは不幸な雰囲気が漂っている。母さんには申し訳ないが、今は見合いをする気分になれない」

「では、先様に春ちゃんの会社の事情をよく話して、少し間をおくことにするわ。でも、もうだいぶ待たせたんだから、半年先という訳にはいかないよ。二ヵ月くらい待つことにする。そうしたら、春ちゃんの気持ちも落ち着くと思うわ。ねえ、春ちゃん」

「うん、分かった。母さんは優しいね」

「よく言うよ。母さんは、いつも春ちゃんの味方だからね」


順子は御茶ノ水駅の近くの病院に入院していた。

秋晴れのすがすがしい土曜日、春男は順子の病室を訪ねた。入院当初、彼女は四人の相部屋にいたが、一週間後に、個室に移された。

病室に入ると、順子はじっと春男を見詰めていたが、春男が手を差し出すと、にこっと微笑んで、きつく握り返すのだった。それが彼女の習慣になっていた。この日は、四回目の病気見舞いだった。

「先生、いつも有難うございます」

順子は花柄のガウンの袖《そで》を撫でながら言った。

その時、賢一が入ってきた。

「先生、来ていたんですか」

賢一がかばんを小脇に抱えて言った。

「土曜日は、出張がなければ、仕事が午前で終わるから、午後に順子さんの見舞いに来ることにしている」

春男は、ベッドの脇の椅子に座った。

「先生は律儀ですね。ぼくは卒業論文の準備があって、なかなか来られないんです」

賢一はテーブルの上の花入れに挿してあるコスモスを眺めながら言った。

「卒業論文の提出は来年の十二月だろう。手回しがいいね」

「先輩のアドバイスです」

「うん、多くの文献を渉猟する必要があるからね。今から始めたほうがよいと思うよ」

「賢一は卒業論文にかこつけてなかなか来てくれないのよ。先週の土曜日にひょっこり顔を出したので、驚きましたわ。先生が大阪に出張していた日です」

順子は横から口を出した。

「順子さん、卒業論文を書くのはほんとうに大変なんですよ」

そう言ってから、春男は賢一の端整な横顔に視線を向けた。

「賢一君、卒業論文の執筆中はとても苦しいが、完成した時の喜びは格別だ」

春男は自分の学生時代を思い出して言った。

「先生、毎週来て下さらなくてもよろしいのよ。何かと忙しいでしょう。弓の練習もあると思います。私の病気は長引きそうですから、辛抱強く療養するつもりです。折を見て顔を出して下さいね」

順子は漆黒の長い髪を左手で右肩から胸のほうに撫で下ろしながら、精一杯元気な声を出した。

三人は久しぶりに打ち解けて話し合った。春男と賢一は、順子を励まして、一緒に病室を去った。

二人は御茶ノ水駅前の電話ボックスの横に立ち止まった。

「姉貴は、先生に毎週来て下さらなくてもよろしいのよ、などと強がりを言っていましたが、先週の土曜、先生が出張で来られなかった時には、気を落として、沈んだ顔をしていました。姉貴は、何かと先生を頼りにしているんです。ぼくだって先生を頼りにしていますからね。先生、病院にはできるだけ顔を出して下さい。よろしくお願いします」

賢一は真面目な表情で言った。

「うん、そうか。分かった」

春男は賢一の胸中を慮《おもんぱか》ってそう言ってから、急用を思い出し、神田神保町のほうに向かって歩き出した。


次の土曜日の午後、春男は賢一と御茶ノ水駅で落ち合い、近くの喫茶店に入った。そこで、春男は賢一から順子の病状について報告を受けた。最近、会社の数人が、順子についていろいろと揣摩憶測《しまおくそく》をしている話を聞いていたので、春男は順子の病状を気にしていたのだ。賢一だけが、近親者として、順子の病状について、主治医から正確な情報を受けることができる立場にいた。小一時間後、二人は喫茶店を出て、順子の病室を訪れた。

そこにはすでに浜岡貿易会社の古川財務部長が、娘の明子を連れて見舞いにきていた。二人は春男と賢一に丁寧にお辞儀をした。

「早く治るといいですね。順子さんは、ご両親がお亡くなりになって、ショックを受けたのでしょう。気の毒なことです」

古川部長は静かな口調で言った。彼は垂れ下がった髪を両手で掻《か》き上げながら「私と娘はこれで失礼します。順子さん、お大事に」と言って、順子のほうを振り向いた。二人はそそくさと病室を出て行った。

病室は明るい雰囲気に包まれた。

「順子さん、今日は、英語で書いてある生け花と茶の湯の本をプレゼントしますよ。退屈しのぎに読むといいですよ。パウアー社長夫妻に茶の湯の解説をする時には苦労したからね。前もって、英語の説明文を読んでおけばよかった」

春男は二冊の英語の本を順子に差し出して言った。

「あら、先生は苦労などしていませんでしたよ。淀みなく通訳していたわ。私は緊張して、足が思うように動かなくなり、躓きそうになりました。パウァー社長の頭の上にお茶をこぼしたらどうしょうかと思ったわ」

順子は甲高《かんだか》い声で言った。

三人は思わず大笑いした。その時、戸をノックして、看護婦が体温計を持ってきて順子に渡した。

「楽しそうですわね」

看護婦は明るい声で言って、笑顔で病室を出て行った。

春男と賢一は頃合いを見て、順子の病室を出た。

帰途、春男は賢一を喫茶店に誘った。二人はコーヒーを注文し、ソファーに腰を沈めて、身辺のことについて語り合った。

「順子さんは元気そうじゃないか」

春男が感想を述べると、賢一は嬉しそうに頷いた。

「病室で古川部長にお会いするとは思いませんでした。実は、部長は遠い親類なんです。でも、ぼくには苦手な人です。今日、娘さんを連れてきましたが、それには深い事情があるんですよ。部長は学生時代には成績が優秀だったと聞いています。確かに頭脳明晰《ずのうめいせき》かもしれませんが、ぼくには、部長のように目から鼻へ抜けるようなタイプの人は虫が好かないんですよ」

賢一は顔を歪めて言った。

「いやにはっきり言うね。何か訳があるのかね」

春男は会社の内情に疎《うと》いことが分かった。

「先生も被害者になりそうですよ」

「何だって？　さっぱり訳が分からない」

「実はね、先生もうすうす気が付いていると思いますが、浜岡貿易会社は二派に分かれているんです。今の社長は父の弟です。前社長は長男で、次男は亡くなり、三男が新社長になりました。前社長の息が掛かった後継者です。ですから、今のところ会社は安泰と言えるでしょう。先生、安心して下さい。新社長は経営文化研究所について理解を示しております。古川部長は中谷専務理事の派閥に属しています。古川部長は、経営文化研究所の開設はお金の無駄遣いだと言って、猛烈に反対していました。前社長はワンマンでしたから、そんな反対意見には耳を貸さず、初志を貫きました。古川部長は、頭が切れるので、父から重宝《ちょうほう》がられて、財務の仕事を担当してきました。しかし、実際には、油断も隙《すき》もない人物です。今は、新社長の機嫌を取っていますが、腹の中では何を考えているか分かりません。将来、社長の座を必ず狙うことでしょう。新社長はそのような企みをうすうす感づいていますから、古川部長を地方の支店長に追いやろうと思っているんです。しかし、新社長は人がいいからそのような大胆な人事異動ができるかどうかという事が問題なんですよ。会社の中枢部に入るためには、古川部長は何らかの方策を考えなければなりません。今日、娘さんと一緒に来ましたが、ほんとうは長男の昭夫さんを連れてきたかったのです。長男と姉貴を結婚させたいのです。ですから、経営文化研究所を開設した後で、先生が姉貴と協力して仕事をしていることが気に入らなかったのです。先生は知らなかったでしょうが、昭夫さんの結婚の邪魔をしていることになります。姉貴は昭夫さんに目もくれませんがね。しかし、古川部長は昭夫さんと姉貴を結婚させるために新社長に助力を求めています。きわめて危惧すべき状況に陥っています。そのことが心配です。先生、よく聞いて下さい。さらに目論見《もくろみ》があります。古川部長は、今日、見舞いにきた明子さんと、ぼくとを結婚させたいと思っているんですよ。ぼくは古川家によく食事に誘われますが、これまでずっと断ってきました。政略結婚を企んでいるんですよ。会社における自分の地位を守るためですね」

賢一は長い間胸の中に燻《くすぶ》っていた思いを一気に吐き出すように喋った。

「うーむ。なるほど、大体、会社の派閥間抗争の実体が分かってきた」

「先生、今の話は内緒ですよ」

「分かっている」

「先生は会社の動静を見守っていて下さい。そして、将来、会社が重大な局面を迎えた時には、新社長とぼくを助けて下さい」

「ぼくはそれほどの力はないが、賢一君が将来社長になるまで応援するよ」

「会社の重役たちは皆先生に一目置いていますよ」

「新参者なのにどうして?」

「経営文化研究所の開設式の後で行われた先生の特別講演が素晴らしかったからですよ。ぼくは感激して聞いていました」

「あまり買いかぶられても困る。だが、そう言ってくれて嬉しい。感謝しているよ」

「先生、それからね、野原会長が経営文化研究所の顧問になっているでしょう。ですから、研究所については新社長以外は誰も先生に口出しできないんですよ」

「この人事は、前社長の置き土産だ。有り難いことだ」

「先生、新社長とぼくをよろしく頼みます」

「うん、分かっている。ぼくは会社の発展に努力する。それが前社長である賢一君の父上の恩に報いる道だと思っている」

「ぼくは再来年の春に大学を卒業したら、会社の一兵卒として頑張ります」

「アメリカ留学のほうはどうするのかね」

「会社が落ち着くまで当分延期します」

「うん、それがいい。ぼくは賢一君の若い息吹に期待しているよ」

そう言って、春男は賢一と別れた。

賢一に会ってから一週間後、新社長に誘われて、春男は皇居の近くのホテルの和食の店で夕食を共にした。

夕食後、新社長は畳の上の座布団にきちんと座り、紺色のネクタイをきつく締めなおして、

「山村先生に折り入ってお願いしたいことがあります」

と春男の顔色を窺いながら、低い声ではっきりと言った。春男は順子の一身上のことだなと直観し、全身がこわばるのを覚えた。

「山村先生、突然の話で失礼ですが、順子さんと個人的に交際することを控えていただけませんか。御存じの通り、順子さんは病気で入院中です。静かに療養させたいと思ってい

ますので」

新社長の言葉は簡にして要を得ていた。賢一が心配していたことが現実に起こってきた、と春男は実感した。

「病院に見舞いに行くのも控えてほしいということですか」

春男は憮然《ぶぜん》として言った。

「その通りです」

「自分の部下の見舞いがなぜいけないのですか」

「将来、順子さんの結婚に差し支えがあるからです」

「それは順子さんの意志ですか」

「浜岡家一族が決めたことです」

「失礼ですが、ぼくの質問のお答えになっていません。順子さんの意志ですかと聞いているのです」

「分かりません」

「本人の意志を確かめないで決めたのですか?」

「それは何とも……」

「賢一君は知っているのですか」

「知っています」

春男はこの返事を半信半疑の気持ちで聞いて、「賢一君も……」と言葉に詰まった。

春男は浜岡家一族の変貌ぶりに強い衝撃を受け、言い知れぬ絶望感に襲われた。

「所長としての仕事は、遠慮なく、自由に思う存分おやり下さい。我が社の発展のためになお一層のご活躍を期待しています」

新社長は取って付けたようなお世辞を言った。

春男は急に立ち上がり、枯山水の庭に近づき、はらわたが煮《に》えくり返るような気持ちで、「順子さん、万事休《ばんじきゅう》すだ！」と心の中で叫んだ。


翌日、春男は、お茶ノ水の近くの喫茶店で賢一を待った。上品な紺のブレザーコートを着た賢一は、元気のない足取りで現れ、書類の入った重そうなかばんを椅子の上に置き、春男の向かいの席に座った。

「先生、この度は申し訳ありません」

賢一は何度も頭を下げた。

「新社長から順子さんと個人的に交際することを控えてほしいと言われて、ひどくショックを受けた。このことを浜岡家一族が決めたそうだね。……ところで、実は古川部長が中心になってぼくを誹謗中傷《ひぼうちゅうしょう》しているという話を小耳に挟んでいる。絶対に他言しないから、有りのままを話してくれないか」

春男は大きな溜め息をついて言った。

「お察しの通りです。古川部長は自分の長男と姉貴を結婚させたいために、姉貴と交際している先生の悪口を聞くにたえない言葉で親戚の人々に言い触らしているのです。なかには同調する人もいますが、大方は苦々しく思っています。でも、新社長は、会社の派閥争いが激化することを恐れて、先生にあんな失礼なことを言ってしまったんです。本心ではないと思います。新社長は気が弱いところがあるんですよ。まったく、だらしがないったらありやしない。古川部長の企《たくら》みに唯々諾々《いいだくだく》として従うなんて！　ぼくの父が社長でいたら、絶対にこんなことにはならなかったはずですよ」

賢一は憂い顔で吐息をついた。

「新社長は賢一君の意見を聞いたのかね」

「ぼくはただ一方的に、先生が姉貴と交際しないように頼んでおくからね、と言われただけです。でも、よほどのことがないと、浜岡家一族の決定を覆《くつがえ》すのはむずかしいですね」

「賢一君、よく分かった。どんなことを言っているのかね。具体的に率直に言ってくれないか」

「いや、かんべんして下さい。古川部長は下劣なことを言っています。民主主義の世の中で、あんなことを言う人はいませんね」

「無理とは言わないが、参考までに二、三例を述べてほしい。将来、古川部長と一戦を交えることがあるかもしれないからね」

「分かりました。ほんとうにいいんですか？　気を悪くしないで下さいよ。……やっぱり、やめておきましょう」

「どんなことでもかまわない。言ってくれ」

「戦後の成り上がり者が所長になるとは我慢できない。百姓の小倅《こせがれ》がアメリカに留学していい気になって、まったくのぼせている。アメリカで顔の傷痕を修復手術した人と姉貴を結婚させることはできない。……もうやめましょう」

「賢一君、有難う。よく分かった」

最後の言葉が春男の胸を鋭くえぐった。

十二歳の時に遭遇した魔の出来事が、この期《ご》に及んで結婚妨害の一つの理由となるとは、春男には思ってもみなかったことだった。

新社長から、突然、順子と個人的に交際することを控えてほしいと言われて、春男は、所詮《しょせん》、自分は山師の息子であり、一方、順子は上流階級のお嬢さんだ、ということを実感した。順子に後ろ髪を引かれながらも、山師の息子が山主の娘と結ばれるのも、ごく自然な成り行きかもしれない、と思うようになった。そこで、田原友子との見合いは気が進まなかったのだが、春男は母の心中を察して、とにかく、ひとまず見合いだけはすることにした。

風邪が長引いて、しばらく寝込んでいた母は、春男が見合いをしたいと言うと、急に元気になって、春男を奥座敷に呼んだ。

「春ちゃん、田原友子さんと見合いをしてくれるのだね。母さんはその言葉を待っていたのよ。ああ、嬉しい。早速、見合いの段取りを決めましょうよ」

母は喜んで膝《ひざ》を叩き、顔を紅潮させた。

「でも、友子さんがぼくを気に入るかどうか。顔の傷痕が心配だ」

「顔の傷痕はほとんど消えてしまったわ」

「うん、分かっている。いつも人にじろじろ見られていたから、ついその時のことを思い出してしまう」

春男は心の傷痕を消し去るのに苦労していた。


山村春男と田原友子の見合いは、宇都宮市を横切って流れている田川沿いの藤江旅館で行われた。

見合いの場所は、床の間のある和室だった。座卓の右側には田原夫人と友子が座り、左側には春男、母、姉が座った。

友子は見合い写真よりもずっと若々しく見えた。瞳は生き生きと輝き、花模様の付け下げに包まれた友子には、香気を放つ女の色気が感じられた。

春男は積極的に友子と会話をするように心がけた。

「現在、私は宇都宮の洋裁学校の見習い教師ですが、近い将来、宇都宮市のどこか便利なところに、洋裁学校を設立し、そこの校長になり、先生には名誉理事長になっていただきたいわ」

友子は自信にみちた態度で言った。

「洋裁学校の校長さんね。今どきの女性の憧れの的だわ。でも、学校の建設資金が大変でしょう」

姉は呆気《あっけ》に取られたような表情で言った。

「戦後、若い女性が洋裁熱に浮かれているから、いいアイデアだと思うが、姉の言うとおり、建設資金をどうやって集めるか、ということが大きな問題だね」

春男は思案顔で言った。友子の将来の希望については前もって知っていたので、あまり驚くことはなかったが、しかし、友子が見合いの席で堂々と自分の意見を述べるとは思わなかった。

「先生、その点については心配ありません。私の家は山をいくつか持っていますから、建築用の材木は明日にでも用意できます。父と兄に頼んであります。ねぇ、お母さん」

友子は物怖じせず、力を込めて言って、田原夫人のほうに身を寄せた。

その言葉に田原夫人は何も答えず、しばらく沈黙が流れた。

「それは結構なことですわ。でも、私も洋裁学校に通っていましたから申し上げますけど、一番重要なことはよい先生を抱えることだと思っています」

姉は頬を引きつらせ、友子に厳しい視線を注いだ。

「ぼくは友子さんの夢と希望が実現することを望んでいます」

春男が明快に述べた時に、友子の表情がぱっと明るくなり、「よろしくお願いします」と友子は丁寧に言って、頭を下げた。

その後、春男と友子はお互いの趣味について話し合った。

頃合いを見て、田原夫人は立ち上がり、

「本日は有難うございました。娘の友子はふつつか者ですが、何分よろしくお願いします」と型通りの挨拶をした。

春男の母も立ち上がって同じようなことを言った。

ひとまず、山村家の春男と田原家の友子の見合いは終わった。

その日、春男は帰宅してから、父と母と姉と一緒に見合いの返事をどうするか、ということについて話し合った。

「私は友子さんが気に入らないわ。見合いの席で洋裁学校の校長になりたいと、ぬけぬけと言うなんて、まったく非常識極まりないわ。友子さんは、若い身空《みそら》で、有名な洋裁学校の経営者を押しのけ、しかも自分は校長になってしゃしゃり出ようとしているのよ。自分を何様だと思っているんでしょうね。生意気だわ」

姉は眉間《みけん》に皺《しわ》を寄せ、不機嫌な口調で言った。

「春ちゃんがしっかりしていれば大丈夫よ。体格がよく健康そうだから、子供もたくさん産んでくれそうよ。確かにちょっとがさつなところはあるけれど、積極性があって、今の民主主義の時代にはいい嫁になると思うわ」

母は一貫して今度の縁談には乗り気だった。

父は母に同調した。

「荒っぽい性格の女は、嫁の役割をびしっと仕込めばかえって役に立つようになるよ」

父は上機嫌で言って、明るく笑った。

「父さんがそこまで言うなら、最後には春ちゃんの意見にしたがうわ」

姉は観念して言った。

見合いが終わってから数日後、山村家と田原家の同意の上で、春男と友子の婚約は成立したのだった。

その日、春男は奥座敷で母を待った。

「春ちゃん、お待ち遠さま！　私は縁談がまとまって嬉しいよ」

入ってくるなり、母は幸せそうに言った。

「うん、独身生活もここらが年貢の納め時だと思って、決心した。母さんには長い間心配をかけてすまなかったね」

春男は、安堵の色を浮かべた母の顔を見詰めながら言った。

「春ちゃん、次の段取りについて話すことにしようね」

「そうだね。ぼくは長男ではないからこの家には住めないし、時期を見て、アパートの部屋を探そうか」

「ほんとうはね、家を一軒建ててやりたいところだが、何と言っても先立つものはお金だ。将来、家を建てる時には、友子さんの実家から材木を安く購入できるだろう。それくらいのことは便宜を図ってくれると思うわ」

「家の建築は当分無理だ。ほんとうは、ぼくの勤務先の東京に部屋を借りたいと思っていた。だが、友子さんの勤務先のことを考えると、やはり宇都宮の近くがいいかね」

「そうね、宇都宮の近くがいいわ。でも、部屋を見つけるまで、この家に足入れしたらどう？」

「ぼくはそういう古い習俗にしたがうのは嫌だ。母さんがいつも口にしているように、今は民主主義の時代だからね」

「春ちゃんがそう言うなら、早く結婚式を挙げることにしようね」

「うん、よく考えてみるよ」

「次の日曜日に友子さんと映画を見に行って、その帰りに一緒に夕飯を食べながら、どこに部屋を借りるか、相談しなさいよ」

「そうするよ。友子さんに何度も会って、じゃじゃ馬娘を手なずけなければならないからね」

「そうよ。友子さんは、春ちゃんがうまく教育すれば、役に立つ嫁になると思うわ」

「友子さんは、母さんのお気に入りの嫁だから、ぼくとは馬が合うようになると思う」

春男がそう言った時に、母はにっこりと笑った。


年の暮れの日曜日、春男は友子と一緒に宇都宮の繁華街にある映画館に入った。上映中の映画は、人気俳優が主役を演じている爽やかな恋愛物だった。

映画が終わってから、二人は食事をすることになり、近くの食堂の片隅のテーブルで、カツ丼を食べた。食事の後で、二人は瀟洒な喫茶店に移動した。部屋には、重厚なカーテンが吊され、洋風の上等のテーブルと椅子が並べられていて、内装は非常に豪華だった。

二人はふんわりとした椅子に身を沈めた。

友子は、仕立て下ろしの、ドレッシーなカラシ色のツーピースに、はち切れそうに肢体を包んでいた。鼻筋の通った艶やかな彼女の顔は、映画女優のように美しく見えた。

「コーヒー・オア・ティー？」

「ティー・プリーズ」

友子は悪戯っぽく微笑んだ。

春男はウェートレスを呼んでから、友子に
「ウイズ・ミルク？」

と聞いた。すると友子は
「イエス・ウイズ・ミルク・アンド・シュガー」

と言ってのけた。

二人は思わず笑い出した。

「友子さんは英語が上手だ。それに機転が利く」

「どうして？」

「ぼくがウイズ・ミルク？　と聞いたのにアンド・シュガーと付け加えただろう」

「お褒めの言葉有難う。春男さんが英語の先生だったということを聞いて、私は一生懸命英語を勉強したのよ。英語塾にも少し通ったわ」

「ああ、そうなの。努力家だね」

「私の友人で、山村春男先生に英語を教わったという方がいます。優しくて、親切で、熱意がある先生だと言っていたわ」

「それはどうかな？　熱意があったことは事実だ。しかし、優しくて、親切であったかどうか怪《あや》しいものだ」

「そんなことはないわ。私は先生のファンですからね。先生のお嫁さんになれるなんて、とっても幸せ！」

「ぼくの母は友子さんをとても気に入っている」

「あら、お母さんだけなの？」

「勿論、ぼくもだ」

春男は友子のティーカップに角砂糖を入れながら言った。

「やっぱり、先生は優しくて、親切だわ」

友子は、ティーカップに手を伸ばした。

「今日のツーピースの色合いやデザインは素晴らしいね。洋裁学校の校長を目指す素質は十分にあるよ」

「洋裁学校の設立は私の夢です。先生、協力して頂戴ね」

「うん、分かっている。でも、今すぐという訳にはいかないだろう。校舎を建設し、授業の内容を充実させて、許認可の手続きをとる必要がある。それに、ドレスメーキングの授業だけではなく、日本や海外のファッション事情について講義する機会も生徒に与えてやるといいよ」

「さすが教師の経験者の話は説得力があるわ」

「ぼくはアメリカで写真現像のアルバイトをしたことがある。その時に現像した結婚式や結婚披露パーティーの写真を沢山持っている。これらは依頼主の許可を得たものばかりだ。多分、結婚披露パーティーの衣裳などは、友子さんの洋裁学校の生徒たちに参考になると思う。機会をみて持ってくるよ」

「是非、見せて下さい」

窓の外を見ると、西の空には夕焼け雲が紅色に染まっていた。急に戸が開き、若いカップルが入って来て、隣の席に座り、映画を見た感想を話し合っていた。

「実はね、友子さん、結婚式の日取りと新生活の住居を決めておきたい」

春男は腕を組み、真剣な表情で言った。

「私の母もそのことについて、先生と相談しなさい、と言っていました」

友子は座席から身を乗り出して言った。

「お父さんの意見はどうなの」

春男は友子に顔を近づけて聞いた。

「父は家を一軒建てたらどうか、と言っていました。でも、兄が反対なのです。若いうちに私に苦労させろ、と言っているのです。つまり、しばらく働いて、お金を貯めてから結婚しなさい、と言いました。そうすると、結婚式は半年先か一年先になると思います」

「結婚式の日取りはじっくり考えることにしよう」

「家に帰って、両親に相談してみます」

「ぼくは宇都宮の近くに部屋を借りるつもりだ。ご両親にそう伝えてもらいたい」

「分かりました。そう伝えます」

結婚式の日取りと住居に関する二人の話し合いは、あまり進展を見ないまま終わった。


年が明けてから、春男は宇都宮の喫茶店で友子と会い、結婚式の日取りと住居について話し合って、一つの結論を出した。半年の間に適当なアパートを探し、その後で結婚式を挙げるということになった。

二人は日曜毎にデートをし、映画を見たり、喫茶店で自分たちの将来の計画を話し合ったりした。

「ぼくは経営文化研究所の所長として、新入社員、中堅社員、中小企業の社長、起業家などを対象とする各種のビジネスセミナーを行い、日本のビジネス界に新風を吹き込みたいね」

春男は熱っぽく語った。

「私は東京で行われるファッションショーに数多く出席し、最新のファッションを勉強し、一流の服飾デザイナーになりたいわ。でも、ここは地方都市ですから、しゃれた実用的な服飾に力を入れたいと思います」

友子は早口で楽しそうに話した。

「それは賢明な判断だ。東京のファッションショーの衣裳をそのまま持ってきても地方都市にはなじまない」

「そう思うでしょう。実用的で、しかも斬新なセンスのある服飾なら、人気が出ると思うわ。先生！　二週間後に、生徒たちの制作品の展示会を催します。その時に、先生が撮影したアメリカのパーティーのカラー写真を、左右のパネルに張りたいのです。華やかな彩《いろど》りを添えることになるでしょう」

「次の日曜日、ぼくのコレクションを全部持ってくるから、友子さんがその中から適当なものを選ぶといいよ」

「有難う。そうします」

友子は艶のある丸い顔を春男に向けて、喜んだ。

洋裁学校の生徒たちによる制作品の展示会は、地元の有力デパートと共催して大々的に行われた。

当日、若い女性たちが展示会場に押しかけ、室内は活気に溢れていた。

「あら、アメリカの結婚披露パーティーの写真だわ」

「ほんとうに色彩が綺麗ね」

「新郎が振り上げているのは、新婦のガーターじゃないの？」

「こういうことをするのがアメリカの習慣なのよ」

「新婦が花束を投げている写真があるわ」

「お嬢さんたちが競って取ろうとしているね」

「取った人が一番早く結婚できるのよ」

「ああ、私も結婚したい」

会場の女性たちは、がやがやと話し合っていた。制作品の展示会は盛況だった。

数人の新聞記者が取材に駆けつけて、校長にインタビューをし、栃野新聞社のカメラマンが会場の様子を慌ただしく撮影していた。

翌日の新聞には、パネルに張ってあるアメリカの結婚披露パーティーの写真を背景にして、生徒たちが制作した新作のドレスの写真が説明記事とともに大きく載っていた。

次の日曜日、春男はいつもの喫茶店で友子に会った。

「先生のカラー写真の展示は好評でしたね。新聞記者たちも興味深く眺めていましたわ。

先生、有難う」

友子は春男に頭を下げた。

「予想以上に盛況だったね。友子さん、おめでとう」

春男は友子たちの努力の成果を称えた。

「お陰様で、展示会には大勢の女の子が押しかけてきたわ。この洋裁学校に入学手続きをする生徒が多くなると思います。入口の机の上に積んでおいた入学案内書を、入場者たちが全部持っていってしまったわ」

「そうだったの、それはよかった」

春男は喜びの声を上げた。

二人は喫茶店を出て、八幡山公園に登って行った。辺りにはまだ冷たい空気が漂っていたが、道の両側に並んでいる躑躅《つつじ》は新芽を吹き始めており、ベンチの両側には早くも薄紅色の梅の花が咲いていた。二人はオーバーコートに身を包みながら、手を繋《つな》いでベンチに座った。

「先生、私の兄が洋裁学校の建設用の材木を都合してくれない理由が分かったわ。今は住宅不足ですから、材木を東京で高値で売ることができます。兄は洋裁学校建設のために、無料で材木を提供するのが惜しくなってきたのです。日本では、外国から材木を輸入しているそうですが、私の家の山から切り出した材木は質がよく高値で売れるんですって。だから、兄は私に出し惜しみしているのよ。けちな兄で困ったわ」

「なるほどね。日本はアメリカのオレゴン州から米松を輸入しているが、和風建築では日本の杉や檜《ひのき》の材木は貴重だ」

「それで、偶然分かったことですが、先生の勤めている浜岡貿易会社と兄は取り引きをしているのよ。つまり、輸入品では手に入れられないような質のいい杉や檜の材木を供給しているのです。兄は会社のほうから先生の噂《うわさ》を聞いたらしいの。先生は若手のホープなんですって？」

「いや、そんなことはないよ。ぼくは実務から離れて、研究所のほうに勤務しているから」

春男は両手で友子の身体を引き寄せた。友子の豊満な胸が激しく躍動していた。春男は力強く友子を抱き締めた。二人は頰を寄せ合って、甘美な喜悦に浸っていた。


いつの間にか、黒々とした雨雲が上空を覆い、稲光の後で雷鳴が轟き、強い風が二人を襲った。間もなく、大粒の雨が落ち始めた。

——次々と湧き起こる雨雲の割れ目から、突如として順子の姿が浮かび上がった。彼女は泣き濡れた顔で、目を光らせて春男を睨《にら》んでいた。柔順な順子が、これほど憤怒と怨恨に燃えたぎった表情を見せたことはなかった。

強い眩暈に襲われた春男は、抱き締めていた両手を友子から離した。

「先生！　どうしたの？　口づけをしてくれないの？」

「ここは風が強く、寒い。暖かい喫茶店に戻ろう」

「分かったわ。確かに寒すぎるわね」

友子は、ごく自然に、春男の提案にしたがった。

二人は腕を組んで、繁華街のほうに向かった。

――「私は病気なのよ。助けて下さらないの？　先生はずるいわよ。ねえ、先生！　先生ってば!!」と絶叫する順子の声が執拗に後から追いかけてきた。

春男は真っ青な顔をし、息を詰まらせて立ち止まり、友子の腕を離し、土色に変わった口元を引き締め、喘ぎながら八幡山公園の坂道を下って行った。

春男は、友子と一緒に街の喫茶店に入り、ソファーに座って順子の幻影に脅えていたが、大きな溜め息をつき、やっと現実の世界に戻った。

夕方、心痛のあまり、疲労困憊し、沈鬱な表情で帰宅した春男は、真っ暗な部屋に閉じこもり、夕食も忘れ、ただ黙然と考え込んだ。夜のとばりが下りた頃、コップ一杯の清い水を飲み込み、懊悩を重ね、また重ね、まんじりともしないで一夜を過ごした。

八

春男は約二ヵ月間、土曜と日曜に、横山賢一郎範士の弓道場で行射の練習に没頭した。五段の段位を持っていたが、まだ錬士の資格を取得していなかった。そこで、横山範士の推薦で錬士の資格試験を受けることになった。

資格試験の二日前、朝早く、父は囲炉裏端《いろりばた》に春男を呼んだ。

「春男、母さんの容体が芳しくないようだ」

父は浮かぬ顔つきで、茶を入れた急須《きゅうす》に鉄瓶《てつびん》から湯をさしていた。

春男は床に伏せている母の枕元に急いで行った。

「母さん、大丈夫？　ちょっと顔色が悪いよ」

春男は母を気遣って言った。

「あら、春ちゃんか。こんなに早く、もう起きたの？」

「うん、父さんに起こされたんだ。母さんの具合が心配だと言うんだ」

春男は母の額に手を当てた。

「母さん、熱はないよ。でも、息遣いが苦しそうだ。お医者さんを呼んだほうがいいよ」

「そうかい。春ちゃん、お医者さんに来てくれるように頼んでくれる？　野田医院の先生がいいわ。掛かりつけのお医者さんだからね」

「分かった。今、ちょっと一っ走り行って頼んでくるよ」

そう言って春男は、ずり落ちた布団を肩まで引っ張り上げた。

野田医院に着いた時には、運よく、ちょうど先生が往診から帰ってきたところだった。

先生はすぐに看護婦を連れて、自動車で春男の家に到着した。

春男は、父や姉と一緒に、母が床に伏せている部屋の隣の応接間で、診察が終わるのを待っていた。

野田先生は消毒液で手を洗ってから、家族の前に姿を現した。

「だいぶ、心臓が弱っている。でも、この薬を飲めば落ち着くと思う。決められた時間に薬を飲むこと。そして、当分、安静にしていることが大切だ」

野田先生は慎重に言葉を選びながら言って、薬の袋を春男に手渡した。

「先生、お尋ねしてもよろしいでしょうか」

春男は遠慮がちに言った。

「どうぞ、どんなことだね」

野田先生は眼鏡越しに春男を見た。

「実は、明後日、重要な試験があって、遠方に出かけることになっています。母の容体によっては取りやめようかと思います。母の病気は大丈夫でしょうか」

「重要な試験というと？　差し支えなかったら、お聞かせ下さい」

「弓道の資格試験です」

「なるほど。試験を受ける段位は？」

「現在は五段です。今度、錬士の資格を取得したいと思っています」

「うーむ。弓道五段。常日ごろ、春男さんは姿勢がいいと思っていた。弓道で身体を鍛えていたからだね。今度、錬士の資格審査を受ける訳だ」

「そうです」

「母上の病気は、一日や二日で急に悪くなるということはないと思う。薬で時間をかけて治すことにしよう。この薬が体に合わないようだったら、別の薬を投与することにする。春男さん、資格試験を受けに行きなさい」

「安心しました。先生、有難うございます」

春男はそう言ったが、母の息遣いが苦しそうなので、腹の底から込み上げてくる不安を完全に拭いきれなかった。


五月の晴れた朝、春男は、錬士の資格試験を受けるために、所定の弓道場に向かって、狭い道路を歩いて行った。緑の木々に囲まれた民家の庭先には、紅紫の大形の見事な牡丹の花が咲いていた。

気を引き締めて、弓道場に一礼して入った。控えには、長期にわたって弓道に精進してきた選り《え》抜きの人達が集まっていた。

春男は弓道着を身に着けて、近的射場に入り、実技試験の第一次審査の順番を待った。前方の垜《あずち》には霞的《かすみまと》が設置されていた。的場《まとば》の裏のほうには大きな木々が聳え、その後方には、なだらかな山並みが横たわっていた。

射場の右手の上座には、羽織袴姿の五人の審査員が厳粛な面持ちで座っていた。ようやく春男の順番が回ってきた。弓と矢を一手《ひとて》、甲矢《はや》と乙矢《おとや》を持ち、本座から射位に進み、射法八節にしたがって、甲矢を放った。霞的の真ん中に的中した。乙矢は甲矢のわずか左に的中した。

春男は第一次実技試験に合格して、一息ついた。急に、母の容体が心配になってきた。

――薬が効いて、母は小康を得ただろうか。最初の薬が効かなかったら、別の薬を投与すると先生は言っていた。一日や二日は何の心配もいらないということだった。帰宅したら、先生に相談して、病状に合った効き目のある薬を調合してもらうことにしよう。母さん、元気になってくれ。第一次実技試験は上首尾だったよ。間もなく第二次実技試験が始まる。これから頑張るからね、母さん。

――母さん、このように弓道に精進することができるようになったのも、佐藤直子さんのお陰だ。直子さんのいとこの佐藤典男教士も今日ここに来て、春男の行射を見守っている。きっとうまくいくよ。雄大な気持ちで、思い切り日頃の実力を発揮するからね。

第二次実技試験の順番が回ってきた。春男は気息《きそく》を整えて、本座から射位に進んだ。甲矢《はや》は真ん中に的中した。次の乙矢《おとや》が最後だ。静謐《せいひつ》な境地の中で、足踏みから会《かい》まで進んだように思われた。一瞬間、春男の脳裏に母の苦しそうな顔が閃いた。激しい眩暈に襲われて、頭の中が真っ白になった。春男は身を震わせて、矢を離した。矢は垜《あずち》の遥か上に舞い上がり、遠く、遠く、天空へ飛んで行った。

「うおっ！」

周りから驚きの声が上がった。

春男は気を取り直して、本座に戻って退出した。

錬士の資格審査の段取りにしたがって、午後には弓道に関する学科試験と最終の面接試問を受けた。

春男は落ち着いた態度で審査委員長の前に座った。

「第二次の実技試験の時に、なぜ矢を天空に飛ばしてしまったのかね。稽古熱心の山村君の行射とは思えない。精神の乱れが原因だろう」

審査委員長は詰問するような調子で言った。

「山村君、乙矢の行射の時に、だいぶ体を震わせていた。通常の緊張感とは異質なものだ。

体の調子が悪かったのかね」

審査委員の一人が尋ねた。

「私の不徳のいたすところです」

春男は冷静に言った。

「現在は落ち着いているようだが、一度、お医者さんに診察してもらったほうがよいと思う」

もう一人の審査委員が言った。

「とにかく、異常な出来事だ。何が原因なのか率直に述べなさい」

審査委員長は再び執拗に追及した。

「では、申し上げます。精神異常だと思われるかもしれません。あの瞬間、母の苦しそうな顔がぼくの頭に灰いたのです。その後で、頭の中が真っ白になりました」

春男は正直に言った。

「信じられない事だ、山村君。君は横山範士の指導を受けて、弓道界で優秀な人材として名が通っていた。極めて残念なことだ。これから、もっと身心共に鍛えて、揺るぎない行射ができるように心がけなさい」

審査委員長は威厳に満ちた声で言った。

「山村君、お母さんが病気なのかね」

三番目の審査委員が尋ねた。

「はい、二日前に病に倒れて、目下、治療中です」

春男は心配顔で答えた。

「山村君、お母さんのことが気になっていたんだろう。その気持ちは分かる。しかし、雑念を捨て、精神を集中して行射をすることが、真の弓道だ」

四人目の審査委員は温かい言葉をかけた。

「山村君、これで面接試問は終わる。気落ちせず、今後とも弓道に精進することを祈っておる」

最後に、審査委員長は穏やかな口調で言った。

その日の午後遅く審査の結果が発表された。春男は不合格だった。

審査の結果を知り、春男は全身の力が抜けて、微かな眩暈を覚えた。時計を見ると、五時を過ぎていた。春男は肩を落とし、意気消沈して出口に向かった。

その時、背後で「山村君!」と、佐藤典男教士が声をかけ、「今日は残念だったね。次回に頑張りなさいよ。先ほど審査委員長が君を探していた。今、すぐ委員長の部屋に行きなさい」と言った。

春男は異様な胸騒ぎを感じた。——もう、すべてが終わったのに、審査委員長は何を話したいのだろう。

春男は迫りくる不安を追い払うかのように、急いで審査委員長の部屋まで行き、呼吸を整え、「山村入ります」と言って、静かに戸を開け、足を踏み入れて深々と頭を下げた。

「山村君、座りなさい」

審査委員長は深刻な顔をしていた。

「先生、本日は無様《ぶざま》な姿をお見せして、恥ずかしい限りです。誠に申し訳ありませんでした。心から反省しております。どうぞご寛容な処置をお願いします」

春男は無念の涙を浮かべた。

「もう、そのことはよい。終わったことだ。ただ、山村君のために一言述べておく。四射のうち三射は完璧だった。雄大な弓で、品格があった。さすがに、横山範士の薫陶を受けた者の弓だ」

二人の間に重苦しい沈黙が続いた。

「実は、山村君に来てもらった理由は別のことだ。約三十分ほど前に君の家から電報が届いた。私の気付になっているが、宛先は君だ。私は読むことができない。電報というからには急を要することだろう。山村君、ここで読んでみたまえ」

審査委員長は厳かな態度で春男に電報を手渡した。春男はそれを受け取って、目を凝《こ》らして読んだ。

「何と書いてあるのかね。差し支えがなかったら、私の前で読んでくれないか」

「はい、分かりました。――ゴゼンジユウジゴジツプン　ハハ　シキヨス　スグカエラレタシ　チチ」

「何だと？　十時五十分！　ちょうど君が天空に矢を放った時間とぴったりだ。不思議なことがあるもんだ」

「そうです、先生！　母さんがぼくに別れの信号を送ったのです。でも、何事が起ころうとも、射法八節にしたがって行射している間は、心を騒がせることなく、雄大に、しかも身・心・弓を一つにして、矢を放つようにしなければなりません。ぼくの修行が足りなかったのです」

「うん、そうだな。山村君、よくぞ言ってくれた。次回の行射を期待している。早く、母上のところに行ってあげなさい」

審査委員長は目を潤《うる》ませていた。

喪が明けてから、春男と友子の結婚式が挙行されることになった。結婚式の数ヵ月前、春男は友子から一通の手紙を受け取った。

山村春男様

菊の盛りが過ぎて、一段と寒くなってまいりましたが、先生にはますますご健勝のことと存じます。

さて、私たちはいよいよ数ヵ月後に結婚式を挙げることになりましたね。今、つくづく残念に思うことは、私たちの結婚をとても喜んでいた先生のお母さんがご逝去されたということです。強い味方を失うことになり、私はひどく心が動揺しております。これからは、何もかも先生を頼りにして生きてまいります。

私は年来の夢を実現するために、先生にご理解とご援助をお願いしたいと思い、この手紙をしたためました。結婚式の前日までに、私は是が非でも洋裁学校建設の地鎮祭を行いたいのです。父はこの計画に協力してくれると思いますが、兄は強く反対しています。兄がこの計画に同意することを切望しています。先生！　兄を説得して下さい。

それから、心から愛する先生にもう一つお願いがあります。洋裁学校建設に必要な資金を先生に用意していただきたいのです。全額とは申しません。先生は経営文化研究所の所長ですから、会社から建設資金を借りることができると思います。

建設資金の準備ができましたら、先生の研究所に伺います。どうぞ、よい知らせを寄せて下さいね。

気候不順の折からご自愛を祈ります。

かしこ
田原友子

昭和四十二年十一月

帰宅後、夜おそく、春男は床の上に横たわって、友子の手紙を読み、呆《あき》れた顔で「さて、うーむ」と呟いてから、長いあいだ沈思黙考した。深いトンネルのような暗闇の中に入ってしまい、行けども、行けども光が射す出口を見つけることができないような心境になり、眠れぬ一夜を過ごした。

数日後、春男は重大な決意を胸に抱き、会社の近くの銀行に行き、預金を全部現金に換え、包みに入った分厚い札束を所長室の金庫の中に入れた。

春男は、御茶ノ水駅周辺の喫茶店の奥の座席で賢一を待った。

「先生、遅れてすみませんでした」

店に入るなり、賢一はばつが悪そうな顔をして春男の前に座った。

「やあ、久しぶりだね。ぼくに渡したいものがあると言っていたが、どんなもの？」

春男は何なのか皆目見当がつかなかった。

「先生、驚かないで下さいよ。結婚祝いです。古川財務部長から預かってきました」

「結婚祝い？　誰の？」

「勿論、先生のですよ」

「どうして古川部長が知っているの？」

春男には意想外のことだった。

「先生の婚約者の兄さんから聞いたそうです。会社と取り引きがありますからね」

賢一は格調の高い分厚い祝儀袋を春男に手渡した。

「まだ、数ヵ月先のことなのに、何でこんなに早く持ってきたんだろうね」

「〈善は急げ〉と言うでしょう。お祝いものはなるべく早いほうがいいと言われています」

「それにしても極端に早すぎる。立派な祝儀袋だから重いのか、それとも中身が沢山入っているから重いのか、とにかくずっしりと重い」

春男は祝儀袋の裏側に書いてある金額を凝然と見詰めていた。ふと、我にかえり、どう考えても一桁《けた》間違っているのではないかと思った。

「ちょっと、失礼。何か祝いのメッセージが書いてあるかもしれないから開けて見るよ」

中を開けた時に、彼の顔に驚愕の表情が走った。

「先生、どうかなさったんですか」

賢一は春男の顔が異常に歪んでいるのに気が付いた。

「何ということをしてくれたんだ」

春男は大きな溜め息をついた。

「先生、何か書いてあったんですか」

「メッセージなど何も書いてない。ただ、金額だけが大きく書いてある。結婚祝いにしては法外な金額だ。祝い金を出す場合には、おのずと世間の仕来りがあるだろう。勤務先の部下や同僚、兄弟・姉妹、友人・知人など。ぼくは、今回、全額を返すことにする」

「でも、結婚祝い金を返すなんて話は聞いたことがありません。第一、先様に角が立つでしょう。古川部長だって面子《メンツ》というものがあります」

「でも、合理的理由があればいいだろう」

「合理的理由なんて考えられませんよ」

「合理的理由がある」

「ありませんよ。先生、どうです、世間並みの金額をいただいて、もらい過ぎております、と正直に言って、残りを丁重にお返しになったらいかがですか」

「いや、全額返す」

「でも、後で古川部長との関係がぎくしゃくするようになりますよ」

「もうぎくしゃくした関係になってしまっている。君には迷惑をかけないようにして、全額返すことにする」

「ああ、あ、困ったものです。先生は世間知らずで強情なんですからね」

「賢一君、後でなるほどと思うよ」

「そんなことありっこないですよ。ぼくは古川部長は苦手なんです。どう言い訳をしたらいいんですか」

「ぼくが責任を持つから心配ないよ」

「はい、分かりました」

「もう一杯コーヒーを飲んでお別れしようか」

「はい、そうします」

賢一は渋い顔をしてコーヒーをすすった。春男は悟ったような表情を浮かべ、両腕を組んでじっと天井を眺めていた。ふと、順子への思いが心をかすめた。

「賢一君、その後、夢ちゃんの病状はどうなの？」

「医者は一進一退だと言っていますが、見たところ、わりに元気そうですよ。でも、先日、先生が婚約をして、結婚式の日取りが決まったと聞いた時には、姉貴は顔面蒼白になり、急にぶるぶる身を震わせて、わめき散らし、〈こんな物いらない〉と言って、先生が持ってきた花瓶を花もろとも床に投げつけたんですよ。花瓶は真っ二つに割れ、破片が周りに飛んで、花は無惨な姿で散らばっていました。女のヒステリーというものを目の当たり見たんです。それはすごい形相《ぎょうそう》でした。それがぼくの姉貴だったんです。あっ！　先生の前でこんなことを言うんじゃなかった！」

「もう聞いちゃった。順子さんの気持ちがよく分かった。有難う」

一瞬、春男は心の平静を失ったが、すぐに気を取り直して、「賢一君帰ろう」と言って、座席から腰を上げて喫茶店を後にした。


その週の土曜日の午後、田原友子は経営文化研究所を訪れた。春男は所長室で友子を迎えて、ソファーに座るように勧めた。

紺の制服姿の女子事務員が「いらっしゃいませ」と言って、丁寧に挨拶をし、コーヒーとビスケットをテーブルの上に置いた。

日が西に傾き、室内はかなり冷え込んできた。二人は石油ストーブで暖を取った。

「友子さん、今日は遠いところ来ていただいて、有難う。どうぞコーヒーをお飲み下さい。友子さんの好物のビスケットもあるよ」

「あら、おいしそうね。いただきます」

二人は寛ぎのひと時を過ごした。

「今日は友子さんに相談がある」

春男は急に真顔になった。

「何でしょうか?　先生はわざわざ私をお呼びになったんですから、洋裁学校の建設資金を用意してくれたんでしょうね」

「うん、用意した。後でお渡しするけど。その前に了解していただきたいことがある」

「先生、急に改まって何ですの？」

「ここに古川財務部長からいただいた結婚祝い金がある」

「結婚式は数ヵ月先なのに何て手回しがいいんでしょう。私の兄が取り引きをしている古川部長さんですか」

「そうだ。そこで相談したいのだが、これを返そうと思っている」

「何ですって？」

「金額が多すぎるからだ」

「多すぎるって？　いくら入っているの？」

「高額だ」

「お祝い金は私と先生のものでしょう。いくら入っているか教えてよ」

「どうぞご覧下さい」

春男は祝儀袋の裏側を見せた。

「あーら、こんな大金！　有り難いわ。洋裁学校のミシン、七台も八台も買えるじゃないの」

「だが、ぼくは全額返すつもりだ。祝い金というものは世間の仕来りで大体決められているはずだ。こんな高額をもらってしまったら、ぼくは古川部長に頭が上がらなくなってしまう」

「お祝い金には贈った人の気持ちが込められています。ご好意に感謝してもらっておくべきだわ。返すなんてことは失礼よ」

「だが、こんな高額の祝い金をくれる人は非常識だし、もらった人は心の負担になる」

「先生は心が狭いですね」

「そうかもしれない」

「洋裁学校建設のために、私がどんなに苦労しているか、先生はちっとも分かってくれないのね」

「先を急がず、他人の金を当てにせず、二人で努力を積み重ねて、自分たちの力で洋裁学校を建設すべきだと思う。〈急《せ》いては事を仕損ずる〉と言うだろう」

「そんなことを言っていたら、何もできないわ。洋裁学校建設という大きな目標があるんです。古川部長のお祝い金をもらっておきましょうよ。ミシンを購入する資金にしましょうよ。主な建設資金は先生に会社から借りてもらって、毎月少しずつ返済していけばいいじゃないですか。これこそが二人で努力するということだと思うわ」

「友子さんは高額な祝い金をもらうべきだという意見だね」

「そうです」

「ぼくはその意見に賛成できない。全額返すつもりだ」

「先生がそれほど強情を張るなら、全額返してもいいわ。その代わり、建設資金は先生が用意してくれるんでしょうね」

「資金は用意して金庫の中に入れてある」

「それならお祝い金を返してもいいわ」

「今、持ってくるからね」

春男は金庫の中から、札束の入った分厚い包みを取り出し、おもむろにテーブルの上に置いた。

「さすがに所長の貫禄十分だわ。用意がいいのね、会社から借りたんでしょう?」

「いや、そうではない。ぼくの預金を全部現金に換えたのだ」

「これで安心だわ。結婚式の前に地鎮祭ができる」

「友子さん、そうはうまくいかない」

「どうして?」

「結婚祝い金が多かろうが、少なかろうが、ぼくは初めから返すつもりだった。つまり、今となって失礼極まりないが、ぼくは友子さんとの結婚に気が進まなくなったのだ」

「ということは、このお金は手切れ金ということですか」

「……」

「そうなんでしょう」

「手切れ金という言葉は気に入らない」

「では、何ですか」

「今までお付き合いいただいたお礼だ」

「恰好をつけちゃって、そんなの詭弁だわ。手切れ金とはっきり言いなさいよ」

「では、手切れ金と言っておこう」

「どうして先生はそのように心変わりしてしまったのよ！　先生が好きだったのに……悔しいわ」

「ぼくと友子さんとの考え方がどうしても噛《か》み合わなくなったのだよ。初めは、友子さんの明るい、前向きな生き方が気に入っていた。友子さんは頼もしい女性だと思って、好感を持ち、尊敬もしていた。だが、最近、友子さんの強引なやり方に付いていけなくなってしまった。物事を一方的に決めてしまう。事前に相談がない。将来、一緒にやっていく自信がなくなったのだ」

「あら、そうなの。とうとう本音を吐きましたわね。この頃、私は重い腰を上げない先生の慎重さに業《ごう》を煮《に》やしていたところです」

「ぼくは、金、金、金という生き方は性《しょう》に合わない。勿論、お金は大切だ。会社だって利益が上がらなければ成り立たない。しかし、すべて金で解決しようとすると無理が生ずる。特に夫婦生活の場合には、金に支配されると味気ないものになってしまう」

「私は金、金、金でいいわ。私の夢はお金がなければ実現できませんからね。私の夢を実現してこそ、夫婦生活は円満にいくのよ。私が洋裁学校の校長、先生が名誉理事長でいいじゃないの。結婚に気が進まなくなったなどと言わないで、私に協力して下さいよ」

「うーむ、友子さんの考え方はよく分かった。金には気を付けなければならない。お金がかかる事業を行う場合には、十分な企画立案が大切だ。あらゆる角度から検討し、これでよいと確信が持てたら直ちに実行する。いわゆる熟慮断行だ」

「先生は相当理屈っぽい人ね。私は理屈より実行が大切だと思います。洋裁学校建設のためにまっしぐらに突き進むつもりです」

「めいめいが自分の信ずる道を突き進むということだね」

「やっぱりそう思いますか。分かったわ。先生は熟慮断行などと大層なことを言っているけど、そんなのんきな人には付いていけません。私のモットーは第一に実行、第二に実行です」

「ぼくたちは縁がなかったということだね」

「そんな遠回しな言い方はよして下さい。婚約を解消するということでしょう」

「そうだ。ぼくは後でご両親にお詫《わ》びに行くつもりだ」

「そんな必要はないと思うけど。後のことはどうぞご自由にね」

二人の話し合いは結論に達した。

二人は無言のまま、茫然自失の体《てい》でお互いに視線を逸《そ》らした。日が暮れかかり、窓の外では、先ほどまで黄色に輝いていた銀杏《いちょう》の葉が光を失い、木枯らしに激しく揺れていた。

数分の後、友子が沈黙を破った。

「そうだわ……兄から聞いたんだけど、先生は順子さんが好きだったんじゃないの?」

「順子さん? 私の部下だ。病気で入院している。可哀想な人だ」

「そうなの。気の毒だわ。……先生が好きな人なのにね」

「一緒に国際交流の仕事をして、気が合っていたことは事実だ。前社長のお嬢さんだ」

「私は順子さんに猛烈な嫉妬を感じるわ。我慢ができないほど、順子さんが憎らしいのよ」

「この金は友子さんが自由に使ってくれ」

春男は包みのほうに眼差しを向けた。

「話をはぐらかさないでよ」

友子は目を据えて、苦渋に満ちた春男の顔をじっと見詰めていたが、ついに椅子から腰を上げた。すると友子の顔は見る見る血の気を失い、一瞬、わずかに引きつった。一拍おいて、テーブルの上の包みをぎゅっと掴んで、ハンドバッグの中に押し込み、床を思い切り踏みつけて出口に向かった。一度立ち止まって振り返り、「もう会うことはありません」

と言って、右手で戸を力強く開け放った。友子はハンドバッグを右手に持ちかえて足早に立ち去った。

春男は戸を閉めて、自分の座席に戻った。薄暗い部屋の中で静かに深呼吸をして、机の引き出しの中から煙草を取り出した。

ちょうどその時、賢一が戸をノックして入ってきた。

「先生、部屋に電灯も点けないで、何をしているんですか。顔色が悪いですよ」

春男の顔を覗き込むようにして賢一は言った。

「ああ、そうだね。暗いな」

春男は反射的に言って、電灯を点けた。

「賢一君、座りなさいよ」

春男は落ち着きを取り戻して言った。

「今、廊下で擦れ違って行ったのは先生の婚約者でしょう。送って行かなくてもいいんですか。洋装の似合う姿勢のいい美人ですね」

「姿勢のいい美人？」

「そうです。小麦色の肌をした、ちょっとエキゾチックな雰囲気を持っている堂々とした女性です」

「うーん、そうかもしれない」

「そうかもしれないなんて言い方はありませんよ。先生の婚約者でしょう」

「そうだった。だが、たった今、婚約を解消した」

「解消した？」

「そうだ」

「どうしてですか」

「反りが合わなかった。男女の仲はそういうことがあるだろう」

「ぼくにはよく分かりませんが」

賢一は照れながら言った。

もう所員や事務員は帰ってしまい、研究所の中は森閑としていた。所長室の石油ストーブの上に置いてある薬缶《やかん》が、ことこと音をたてて、白い湯気を吹き上げていた。

「今晩、先生に夕食を御馳走しようと思っていました。いつも、御馳走になってばかりいましたからね」

「では、御馳走になるか」

「事情はよく分かりませんが、婚約解消の残念会ということにしましょう。まだ少し早いが、忘年会も兼ねてね」

「賢一君、有難う。嬉しいよ」

春男は鬱積《うっせき》した嫌な気持ちがだんだん解《ほぐ》れてきた。

「その前に君に一緒に行ってもらいたい所がある」

「どこへ行くんですか」

「一時間ばかり、黙って付いていきてくれ」

「はい、はい。分かりました」

春男は研究所の前でタクシーを拾い、賢一と一緒に急いで乗り込んだ。

「旦那、どちらへ?」

運転手が尋ねた。

「この地図の通りに行ってくれ」

春男は目的地に赤い丸をつけた手書きの地図を渡した。

「分かりました」

タクシーは曲がりくねった細い道を走って行った。突然、大木の落ち葉に埋まった墓地の前で止まった。春男は料金を支払って、賢一の後からタクシーを降りた。

「さあ、行こう」

春男は優しい声で言った。

「先生、ここはぼくの両親のお墓です」

賢一はうっすらと涙を浮かべていた。

「そうです」

「こんな夕方に、何のために来たんですか」

「君の両親にお願いをするためです」

「何をお願いするんですか」

「それは秘密だ。重大なことだ」

「先生、それは水臭いですよ」

「年が明けてからはっきり言うよ。今年は何もかも暗い年だった。何だか疫病神に取り憑《つ》かれたようだった」

「婚約解消のことですか」

「それもある。母を亡くし、弓道の錬士の審査は不合格だった。だから、年が明けて、新年を寿《ことほ》ぐすがすがしい気持ちになった時に、今日の願い事を打ち明ける」

「分かりました。約束ですよ」

「うん、約束する。君にも協力してもらうからね」

「協力？」

「そうだ。それから、気持ちの整理がついたら、新社長に会って、ぼくの毅然とした態度を示すつもりだ」

「毅然とした態度を示す？」

「そうだ」

春男は、故前社長夫妻の墓の前で、感謝の念を込めて祈り続けた。枯れ葉が風に舞って頬に触れた。底冷えのする夜だった。

二人は待たせておいたタクシーに乗って、墓地から上野駅の近くの天麩羅食堂まで行った。

一週間後、春男は朝九時に研究所に出勤し、かばんを椅子の上に置いてから、急いで駆け込むように新社長室に入った。

「お早うございます。先日は夕食を御馳走になり、有難うございました。本日はお願いがあってまいりました」

春男は思わず大きな声で一気に話した。新社長はソファーに座るように勧め、自分も向い側の席におもむろに腰を下ろした。

「私のほうも先生に相談したいことがありましてね。今日、是非ともお会いしたいと思っていたところです。どうぞ先生からお先に」

新社長は深刻な顔で言った。

「先日、夕食の折に順子さんと個人的に交際することを控えてほしいと言われましたが、この言葉を取り消していただきたいのです」

春男は毅然として言った。

「お願いとはそのことですか。分かりました。その通りにしましょう」と新社長はあっさりと前言を取り消して、「それでどうしようと言うのですか」と尋ねた。

「順子さんを一生涯見守ってあげたいのです」

「ということは、将来、結婚したいということですか。しかし、先生は山主の娘さんと婚約していると聞いていますが」

「そうでした。しかし、きっぱりと婚約を解消しました」

「そうですか。初耳です」

「でも、本年はぼくにとって縁起の悪い年ですから、新年早々に順子さんにプロポーズするつもりです」

「そういうことですか。私はもう反対するつもりはありません。むしろ、祝福したい気持ちで一杯です」

新社長の態度は急転してしまった。

「では、社長のお話を承ります」

春男はやっと落ち着いた気持ちになって尋ねた。

「順子さんのことはもう話が済んだようなものです。実は先生に謝罪するつもりでいました。この民主主義の世の中で、浜岡家一族の決定だなどと言って、順子さんとの交際に横やりを入れてしまいました。申し訳なく思っています。先生が山主の娘さんとの結婚式の日取りが決まったというニュースを耳にした日の翌日、順子さんから長い長い毛筆の手紙を受け取りました」

そう言って、新社長は突然嗚咽し、度の強い鼈甲《べっこう》縁の眼鏡を外して、ハンカチで涙を拭い、「やあ、失礼しました。その手紙には……」と述べて、次の言葉に窮してしまった。

その時、春男は順子の身の上に深刻な事態が起こっていると感じ取って、不安に駆られ、

「その手紙にはどんなことが書かれてあったんですか」

と尋ねた。

「その手紙には〈山村春男先生と結婚できなくなった以上、この世に生きていく意味が完全に消失しました〉という哲学的な言葉が書かれてありましてね。自殺を予告する手紙のように思われました。私は気が動転し、両腕がぶるぶる震えてきました。早急に病院に駆けつけ、主治医に会い、自殺防止の対策を講じました。このことは賢一君に内緒にしています。先生、このことはずっと胸に納めておいていただきたいのです。現在は落ち着いているようです。先生の意向は私から順子さんに伝えておきます。先生からは、年賀状に年が明けたら病院に見舞いに行くと書いておいて下さい。お願いします」

新社長はやっと安心したような笑顔を見せた。

話がいったんこのように急転すると、後は何もかもうまく事が運ぶような気がした。これまでの春男の悶々《もんもん》とした気持ちは消え去っていった。

「今日は幸運に恵まれた日です。先生のお陰です」

新社長は頭を低く下げて感謝の意を表した。

「恐縮の至りです」

春男は素直に言って、ソファーから立ち上がり、お礼を述べて部屋を出ようとした。

その時、新社長は春男を呼び止めて、

「実は、先生にお願いしたいことがほかにまだあります。どうぞもう一度お座り下さい」

と言った。春男はソファーに腰を下ろした。

「御存じのように、前社長が計画したとおり、やっと経営文化研究所に茶室を増設することができました。正直言って、茶室が完成されて、今、ほっと一息ついているところです。実は、茶室をつくることについては、役員の一部からお金の無駄遣いだと言われて、強く反対され、だいぶ苦労させられましたよ。組合の執行部からも、今どき茶室をつくるなんて贅沢だ、などという批判がありました。そのような反対や批判を鎮静化するために、新築の茶室を外国のお客さんだけではなく、文化活動の一環として、一般の社員も使用することができるようにしたいのです」

「分かりました。一般社員も気軽に茶室を使用することができるようにします。社内報で宣伝します。退院したら、順子さんにも茶の湯や生け花の指導をしてもらうつもりです」

春男は新社長の気持ちを察して言った。

「是非、そうしていただきたい。組合員の動向も無視できませんからね。そのほかにも先生にお願いしたいことがあります。まず、研究所のテーマの中に日米の賃金制度の比較研究も加えてもらいたいのですよ。次に、他社の組合活動を調査研究すると共に、我が社の組合活動についても詳細な調査を行って、今後の組合対策の指針を示して下されば有り難い」

新社長は次々と難問題を投げかけてきた。

「よく分かりました。ぼくも、我が研究所は単に国際貿易のコンサルタントの仕事だけではなく、他社や我が社の組合活動の実情を調査研究することも大変重要だと思うようになりました」

春男は当初目標としていた国際貿易のコンサルタントとしての研究テーマのほかに、これまで予想もしなかった組合活動の諸問題までも取り組まなければならなくなったのかと思って、少し戸惑いを感じつつも、冷静な態度で新社長の提案に同意したのだった。

「先生に理解してもらって、安心しました。勿論、外国のビジネスマンの接待も大切な仕事です。そのことは全面的にお任せします。本日お願いした諸問題については、前向きに尽力して下さるものと期待しています。よろしくお願いしますよ」

新社長は真剣な顔つきで言った。

春男は新社長室を出てから、研究所に戻る途中、自分が学生運動で経験した屈辱的な結末を思い出していた。—あの頃、春男は仲間と一緒に、大学当局を相手取って、学生の政治活動禁止の告示撤回を求めて闘争に参加していたのだった。その時から、かなりの年月がたち、現在、春男は会社側を擁護する立場で働くことになった。社員の一人一人の利益を優先させると、会社側の方針と衝突することもあるだろう。今日から、どのようにして社員と会社側の立場を調整していったらよいか、という難問題の研究に従事することになった。いわゆる労使関係の問題が中心だ。今後、社員と会社側との板挟みになって、苦境に立つことも多いに違いない。

新社長から、突然、組合活動に関する調査研究を依頼された時に、この緊急提案は中谷専務理事と古川部長の差し金によるものだと直感した。しかし、この提案は、新社長が彼らとの融和を図ったものだと理解し、春男は、労使関係の改善に力を入れれば、新社長を擁護することができるだろうと思って、この新たな課題に研究所で総力を結集していこうと決意したのだった。

次の週の日曜日、春男は姉を誘って、母の墓前に婚約解消の報告をしに行くことになった。午前十時に、石橋駅で姉と待ち合わせをした。姉は黒のオーバーコートを身に着けて、完全な冬の服装で現れ、四歳になる長男の利夫を連れてきた。利夫は上品な紺色のサージの洋服を着て、首に毛糸の襟巻きを締めていた。目がぱっちりとした利発そうな子供だった。

「姉さん、久しぶりだね。忙しいのに来てくれて、感謝している。今日は、利ちゃんと一緒なんだ。利ちゃん、お早う」

「おはようございます」と利夫は丁寧語で言った。

「姉さん、躾《しつけ》がいいね。驚いたよ」

春男は利夫に握手を求めた。利夫は恥ずかしそうに応じた。

「春ちゃん、やっと踏ん切りがついたのね。友子さんと別れてよかったと思うわ。彼女は洋裁学校では出しゃばりで、何かというと後輩を顎で使って、皆の嫌われ者だったという話よ。何と言っても我の強い女性でね。奥ゆかしさがないわ。高慢ちきで、女性の優しさに欠けています。いくら民主主義の世の中でも、女性は常に細《こま》やかな心遣いが大切だわ。彼女の兄さんは飲兵衛で、所かまわず飲み歩いているそうよ。材木で儲《もう》けた金は全部飲み屋に注ぎ込んでしまうそうです。だから洋裁学校の建設資金なんて出すはずがないわ」

「友子さんとの縁談に姉さんは最初から反対だった。先見の明《めい》があった訳だ。やっと、婚約解消ということで解決した。母さんには御免ね、と謝っておくよ」

春男は手に持った菊の花を鼻先に寄せて匂いをかいだ。「母さんの匂いだ」とふと呟いた。石橋駅から墓地まで歩いて二十分くらいだった。春男は墓前に菊の花を生け、次に新聞紙を燃やし、線香に火を点けた。めいめい墓前に線香を供えた。

「これはおばあさんのおはか？　せんこうをあげてやけどしないの？」

「利ちゃん、大丈夫だよ。お墓は石で造られているからね。利夫が来たよ、とおばあさんに言って上げなさい」

利夫の手をとって春男は言った。

両手を合わせて春男は母に婚約解消の報告をした。


「春ちゃん、まだ昼食には早いが、どこかでゆっくり食事でもしましょう」

姉はふくよかな顔を綻ばせて言った。

「うん、駅前の清水そば屋で、天麩羅そばでも食べようか」

清水そば屋の主人は春男の中学時代の同級生だった。久しぶりにそこの主人に会えるかもしれないと思って、懐かしい気持ちになった。

一行は清水そば屋で天麩羅そばを食べてから、お茶を飲んで雑談した。

春男はポケットの中からだらりとした紐《ひも》を取り出し、利夫の目の前で、手品をやって見せた。

「この紐には種も仕掛けもありません。気合いを入れると、この紐が真っすぐに立ちます。その後はどうなるかお楽しみ！」

春男は好奇心を漲《みなぎ》らせた利夫の顔を見ながら言った。

「あっ！　ひもがまっすぐにたった。ひもがあかいハンカチにかわっちゃった」

利夫は目を輝かせて、「もういっかいやって」とねだった。するとまた「もういっかい」と何度もせがんだ。

「利ちゃん、この手品はお土産に持ってきたんだ。種を教えるから、おじさんの言う通りやって見るんだよ。きっと友達はびっくりすると思う」

春男は丁寧に手品のやり方を教えてやった。

「はい、わかりました。おじさん、ありがとうございます」

春男は手品の入った包みを利夫に手渡した。

利夫はにっこり笑って、それをあたかも大切な宝物でもあるかのようにポケットの中にそっとしまい込んだ。

「姉さんにはたびたび実家に来てもらい、何かとお世話になり、感謝しているよ。ご主人はお元気？　商売のほうはうまくいっているかい」

姉と利夫の服装を見て、春男は姉夫婦がかなり裕福な生活をしていると思った。

「主人はいたって元気よ。商売は順調だわ。来年、家を新築するの。建て前には来て頂戴。近所の人々に、屋根の上からお餅を撒《ま》く仕来りがあるでしょう。春ちゃん、餅を撒く時に手伝ってね。その時までには、可愛い彼女を連れてきてよ。今度は春ちゃんがほんとうに好きな女性を見つけなさい」

姉は優しい声で言った。

「うん、可愛い人を連れてくるからね」

春男は明るく笑った。

「そう、そう、春ちゃん、これを取っておきなよ」

姉はハンドバッグの中から、現金が入っている封筒を取り出して、春男に差し出した。

「姉さん、こんなことをしなくてもいいんだよ」

「だって、春ちゃんは、預金を全部はたいて友子さんにやってしまったというじゃないの」

「間もなく給料が入るよ」

「そんなことを言わないで、取っておきなよ」

春男は姉にお礼を述べて、封筒を受け取り、ポケットの中に入れた。

「おじさん、またあいましょう。そのときに、あたらしいてじなをもってきてください」

利夫は目をぱちくりさせて、期待を込めて力強く言った。

「分かったよ、利ちゃん。今度、会う時には新しい手品を持ってくるからね」

春男は利夫と握手をした。

春男は「建て前の時に会いましょう」と言って、石橋駅の前で姉と利夫に手を振って別れた。

九

正月の三が日は、病院から帰宅が許されると聞いていたので、春男は栃木県の浜岡家の本邸に順子宛に年賀状を送った。

浜岡順子様

明けましておめでとうございます、弟の賢一君とおそろいで、すがすがしい新春をお迎えなされたことと存じます。

入院が長引いているので心配しています。一日も早く全快することを祈っております。

病院に戻りました折には、今年が退院の年になるように心から願って、お見舞いにまいるつもりです。

すでに御存じと思いますが、昨年の十一月に研究所の別棟に立派な茶室が完成されました。

順子さんの退院後に、茶室の完成を祝し、客員所員のロバート・チャンドラー教授夫妻をアメリカからお招きして、茶会を催しましょうね。
今年が順子さんにとって、幸せな飛躍の年であるように心からお祈りし、年頭のご祝詞といたします。
昭和四十三年　元旦
山村春男

正月の三が日が過ぎた土曜の午後、春男は御茶ノ水駅の近くの喫茶店で賢一と待ち合わせをした。賢一はすでに来ていて、椅子に座って週刊誌を読んでいた。春男の顔を見ると、急に立ち上がり、「新年おめでとうございます」と言って、丁寧にお辞儀をした。

二人は静かに椅子に腰を下ろした。

「正月に入って、寒さが一段と厳しくなりました。本日は晴天に恵まれ、すがすがしい日ですね。本年の幸せを象徴しているかのようですよ。昨年から景気が上向きになってまいりました。浜岡貿易会社の発展を心から祈っています」

賢一は四月から会社の一員になることを自覚して言った。

「そう願っている」

「先生は花を持ってきたんですね。非常に甘い香りがします。蝋梅《ろうばい》ですか」

「そうだ。順子さんが、床の間に蝋梅を生けていた日のことを思い出して持ってきたんだよ。その日の夕方には、浜岡家の本邸でご両親と一緒に西洋料理をいただいた。あの頃が懐かしいね。これは新年のプレゼントだよ」

「姉貴もきっと喜びます」

賢一は嬉しそうな顔をして言って、春男のバッグに目を留めた。

「先生、そのバッグは重そうですね。ぼくが持っていきましょう」

「このバッグに益子焼の花瓶が入っている。順子さんに差し上げるものだ」

「あっ！　いけない。ぼくがあんなこと言わなければよかったんです。姉貴には絶対に内緒ですよ」

「分かっているよ。前の花瓶は安物だった。これはもっと上等のものだ。実はね、益子で暮れに市があった時に、奮発して図柄のいいものを買ってきたんだ。順子さんが気に入るだろうかね」

「先生が持ってきたものなら何でも気に入りますよ」

「そうだといいんだがね」

「ぼくがお持ちします」

「有難う」

二人は珍しくココアを注文した。

「先生、これはコーヒーよりも甘ったるい味がしますね」

「うん、甘い。去年は苦い味の年だったから、今年はこのココアのように甘い味の年にしようや」

「賛成！　先生、暮れにぼくの両親の墓前に願い事をしたことがあったでしょう。年が明けたら話すという約束でした。教えて下さい」

「賢一君、もう分かっているだろう。この花瓶を持ってきたということは……」

「今になって分かってきました。最初は、古川部長から預かってきた結婚祝い金を全額返す合理的理由は、友子さんと婚約を解消することだ、ということが十分に分かりませんでした。だって、先生は、世間の仕来りから考えて、祝い金が高額だということばかり強調していたもんですから、それを全額返すという合理的理由が何なのか、さっぱり見当がつきませんでした。すっかり、ぼくの議論が空回りしてしまったのです。先生にまんまと煙に巻かれてしまい、見事に先生の術中にはまってしまいましたよ」

「御免、御免！」

「でも、両親の墓前で、〈君にも協力してもらうからね〉と言われて、やっと気がついたのです。先生はぼくの義兄《にい》さんになるつもりだなと思ったのです」

「その通りだ。新社長も賛成し、古川部長も了解している。賢一君、順子さんを大事にするからね」

「そのお言葉を聞いてとても嬉しいです。ぼくは両親を亡くして以来、しばらく気落ちしていました。先生が遠くのほうへ行ってしまいそうで、とても心配していたのです」

「よろしく頼むよ」

「こちらこそよろしくお願いします」

二人は喫茶店を出た。

「先生、ぼくはフィルムの現像を頼みに写真屋に寄りますから、少し遅れて行きます」

「では、先に行くからね」

春男は蝋梅を両腕に抱えて、早足で病院に向かった。


春男は順子の病室に入った。出窓には、竹筒花入れに白い水仙が生けられていた。

順子はベッドから起き上がり、春男をじっと見詰めていた。

「あら、山村先生だわ。お久しぶりです」

順子は手を差し出した。二人は握手をし、お互いに強く抱擁した。

「先生、私をだっこして頂戴！」

と急に順子は言い出した。

「赤ん坊じゃないでしょう」

「赤ん坊でいいの」

春男は順子を抱き上げて、口づけをした。

「先生、戻って来てくれたのね」

「そうですよ。ぼくは順子さんと結婚したい。いいね」

「私はそのお言葉を待っていました。嬉しいわ」

順子はうっすらと涙を浮かべて言った。

春男が両腕を離そうとすると、順子は「もっとだっこして頂戴」とせがんだ。

春男は彼女に優しく頬擦りした。

「こんなに重い赤ん坊は初めてです」

春男は声を出して笑って、順子を両腕から離した。順子はベッドの上に座って、テーブルの上の蝋梅《ろうばい》を見た。

「私の好きな蝋梅だわ」

「そう、そう、これはあなたへの正月のプレゼントですよ」

「有難うございます」

「そうだ、新年の挨拶をするのを忘れていました。明けましておめでとうございます」

「明けましておめでとうございます。先生、年賀状をいただいて嬉しかったわ。研究所にチャンドラー教授をお招きし、茶会を催したいと書いておりましたね。大賛成です。茶会を催すためにも、何としても今年こそは退院したいと思います」

「そういう前向きな気持ちが大切なんですよ」

春男は椅子に腰を下ろして、窓の外の町並みを眺めながら言った。

その時、戸をノックして、賢一が現れた。

「今日は顔色がよく、元気潑剌《はつらつ》としているよ」

賢一は姉にそう言って、バッグの中から花瓶を取り出し、テーブルの上に置いた。

「立派な花瓶だわ。賢一、どこから持ってきたの?」

「これは山村先生から姉さんへのプレゼントですよ」

「先生、重ね重ね有難うございます」

順子は優雅な笑みをたたえて深々とお辞儀をした。

「気に入ってくれてほんとうによかった」

順子に笑みを返してから、早速、春男は花瓶に水を入れ、「蝋梅をどう生けるかは順子さんにお任せします」と言った。

「はい、はい、後は私の出番です」

そう言って、順子は蝋梅を見事に生けた。

「蝋梅の枝振りと角度が絶妙に調和しています」

春男は感心して言った。

「先生は見る目があるわ」

順子は生き生きと目を輝かせた。次の瞬間、順子は畏《かしこ》まった顔をして、「実は先生に謝らなければならないことがあるの。この前に先生からいただいた花瓶を床に落として割ってしまったわ。先生はそのことを知っていらっしゃったの？　賢一から聞いたんでしょう」

「いや、何も聞いていませんよ。これはね、暮れに益子に行って買ってきたんです。いくつあってもいいと思ってね。見舞い客はたいてい花を持ってくるでしょう」

「そうね、先生はよく気が回るわ。この花瓶は床に落とさないように気をつけますわ」

春男と賢一はお互いに目配せして、咳払いをした。


三人は打ち解けて雑談をしていた。

「先生、お願いしたいことがあります」

急に改まって、賢一が真面目な表情で言った。

「何だね。ぼくができることなら何でも協力するけど……」

「そう言っていただいて安心しました。今までぼくが姉貴の主治医と連絡を取ってきました。今日からは山村先生にお願いします。引き受けて下さるでしょうか」

「デリケートな問題だ。個人的な極秘事項に係わることだからね。順子さんが、ほんとうにそれでいいと言うならば……」

「先生はぼくの義兄《にい》さんになると言いました。姉貴も了解していることです」

「分かった。暮れにご両親の墓前で、順子さんと結婚したいとお願いしてきた。今日からは、ぼくが責任を持って、主治医と連絡を取るようにするよ」

春男は賢一のほうに眼差しを向けて明確に言った。

順子と賢一は何度もお礼の言葉を述べた。

病院での長居はよくないと思い、春男は時機をみて帰るつもりだった。その時、看護婦が入ってきて、主治医が賢一と面談を望んでいると言った。春男は「ぼくが行くよ」と言って、看護婦に案内してもらい、緊張した顔で診察室に入り、主治医に会った。四十前後の年格好の主治医は、温和な人柄のように思われた。

「あなたは順子さんとどういう関係?」

主治医は少し戸惑った様子で尋ねた。

「順子さんの婚約者です。山村春男と申します」

「婚約者の山村さんですね。それなら話しやすいですね。今日は嬉しいニュースを提供しましょう。順子さんは後数ヵ月で退院できるかもしれない。現在、経済界は急速な成長を遂げています。医療の分野でも日進月歩で、新薬が製造されるようになりました。幸運なことには、彼女の病気に効く新薬を三種類入手することができました。私が一番よいと思う薬を投与します。そうすれば、彼女は約三ヵ月後には退院できるでしょう。しかし、まったくのぬか喜びに終わったら申し訳ないから、五ヵ月が過ぎれば普通の生活ができるようになる、と言っておきましょう」

「はい、よく分かりました。感謝しています」

春男は緊張が解《と》けて、ほっと息をついた。

「次に、強調しておきたいことがあります。順子さんがめでたく退院できたら、何か適度な運動を勧めて下さい。また、彼女と一緒に映画や芝居を見に行ったり、音楽会に出席したりして、気分転換をはかるようにしたらいいですね。家に閉じこもって静養するのはかえってよくないことです。婚約者であるあなたの責任は重いですよ。結婚したら茶の湯や生け花などの稽古を続けていくようにしてあげれば、彼女の心に次第に充実感が湧き出てくるでしょう」

主治医は自信に満ちた態度で言った。

春男は幸福な気持ちになった。

「近い将来、やっと退院できる」

春男は微かな声で呟いて、診察室を出た。急《せ》く気持ちをおさえて、順子の病室に入った。

順子と賢一は心配そうな顔つきで春男を見た。

「そんなに深刻な顔をしないでよ。主治医がグッド・ニュースを知らせてくれたんだからね」

「だったら、早く教えて下さいよ」

賢一はせっかちな調子で言った。順子の頬が紅潮した。

「近々、順子さんが退院できるということだ」

「近々って、いつなんですか。二週間後、それとも三週間後ですか?」

「ぼくの話を冷静に聞いて下さい。主治医は順子さんの病気に効く三種類の新薬を入手したのだそうです。その中から順子さんに効く薬を投与すると言っていました」

「理屈はそのくらいにして、姉貴はいつ退院できるんですか」

賢一は興奮して尋ねた。

「落ち着いてくれ、賢一君。あせらず治療すれば、順子さんは、数ヵ月後に退院できるそうだ。退院後は、適度な運動をし、茶の湯など自分の好きなことをしなさいと言っていたよ」

春男は主治医の話を簡明に伝えた。

「先生、退院したら、アメリカのチャンドラー教授をお招きして、研究所主催の茶会を計画しましょうね」

透《す》かさず順子は口を挟んだ。

「うん、そうしよう。順子さん、全快することを信じて療養しなさいね」

春男は励ましの言葉を述べた。

「先生、有難うございます」

賢一は春男に握手を求めた。順子もベッドから下りて握手を求めた。

「よかった、よかった！」

三人は跳び上がって喜んだ。順子は「嬉しい、嬉しい」と言って、声を出して泣き出した。嬉し涙が顔一杯に溢れ、順子の顔は涙でぐちゃぐちゃになってしまった。

「順子さん、賢一君、落ち着きましょう。皆、元の位置に戻って、全快を祈ってジュースで乾杯しよう」

春男はジュースのグラスを高々と挙げて乾杯してから、涙に濡れた順子の顔をしげしげと見た。

「順子さん、可愛い顔が形無しです。このタオルで涙を拭きなさい」

順子はしなやかな手を伸ばしてタオルを受け取った。

「先生、人生でこんなに嬉しいことは初めてです」

順子は、とめどもなく流れる涙をタオルで拭いながら言った。

浜岡順子は四月中旬に退院し、五週間の自宅療養の後に、経営文化研究所に復帰することになった。その間、山村春男は、再度、弓道錬士の審査を受け、その認許状を取得することができた。

弓道界において、春男は将来を嘱望される射手となったのである。

五月、春男は順子を誘って、八幡山公園へピクニックに出かけた。八幡宮の朱塗《しゅぬ》りの鳥居の左手の坂道を登り、頂上にたどり着いた。周りは躑躅《つつじ》の花で埋め尽くされていた。二人は芝生の上に座り、多彩な躑躅《つつじ》の花の美しさに見蕩《と》れていた。

「順子さん、こんな楽しい時に言うことではないが、是非、仕事のことでお願いしておきたいことがあるんです」

春男はゆったりと話し合いができるいい機会だと思った。

「今日は楽しみに来たんでしょう。もう仕事の話ですか。先生は真面目なのね。いいわ、ただ、ぶらっと散歩するよりも、そういう建設的な話し合いをしたほうが充実感がありますから」

「今度、茶室を全社員に使ってもらおうということになったんですよ。これから、多忙になると思いますが、茶道を奨励するために頑張ってもらいたいのです」

「たやすいことです。先生と一緒ならどんな苦難も乗り越えていくつもりですわ」

「その言葉を聞いて安心しました。それからね、ぼくは組合活動の諸問題について報告書をまとめることになった。資料収集の援助をして下さる？」

「勿論です。元気ですから、もりもり働きますよ」

順子は以前には考えられなかったような活発な反応を示した。

「茶会のほうもよろしく頼みますよ」と春男が言うと、順子は「大丈夫、任せておきなさい」とはっきりと言った。

順子の憂いをおびた目はもう遠い昔だったような気がした。今日は、順子の目は明るく澄んでいた。順子は喜々として茶会の計画を話した。まるで別人のようになった。陽気に笑い、時々、奇抜なユーモアも投げかけた。服装の色合いも明るくなった。ピンクのワンピースを着ていた。体全体がエネルギーにみち満ちていた。いくぶん、胸の膨らみも大きくなったように思われた。何という変身ぶりだろう。

春男の心身の充実ぶりに比例して、順子の心身にも活力が漲《みなぎ》ってきたのだった。春男が少年時代から苦しんできた外傷を克服してきたと同じように、順子も少女時代に姉の急死から受けた我が身の死への恐怖を完全に取り除くことができたのだ。春男と順子は、躑躅《つつじ》の花々に囲まれ、優しく抱擁し、口づけをして、お互いの愛を確認したのだった。二人は手を繋いで坂を下り、二荒山神社近辺の喫茶店でコーヒーを飲み、幸せな気分に浸った。

経営文化研究所に、チャンドラー教授夫妻を招聘したのは、六月中旬だった。浜岡貿易会社の幹部約四十人を対象に、同教授の特別講演会が開催された。

チャンドラー教授は、ふさふさとした金髪をたたえた柔和な顔立ちで、薄茶色の背広を上品に着こなし、ワインカラーのネクタイを締めて、軽やかな足取りで演壇に登った。教授夫人は、ほっそりとした身体を緋色のドレスで包み、笑顔で聴衆席の前のほうに座った。

演題は「日米のビジネス戦略」だった。山村春男が通訳を担当した。チャンドラー教授は、初めにやけに難しいビジネス論をくどくどと述べ始めたので、春男は気をもんだ。しかし、さすがに話に慣れた大学教授だ。後半には、ユーモアを交えて日米のビジネスの違いを具体的かつ明快に論じ、最後に日米のビジネスの明るい展望を示して講演を終了した。

春男は夫妻に「どうぞ、お寛ぎ下さい」と言って、応接室へ案内した。一同はコーヒーを飲みながら一息いれた。

「チャンドラー教授のホームタウンはどこですか」

春男はアメリカの西海岸を懐かしく思い出して尋ねた。

「オレゴン州の海岸沿いのクーズベイだ。この町の海岸線の風景は絶景だね」

「実はクーズベイは思い出の地なんです」

「これは驚いたな。ショア・エイカー州立公園を訪れたのかね」

「いいえ、婦人団体から〈日本の教育事情〉というテーマで講演を依頼されました。飛行機で日帰りの旅でしたので、公園に行く機会がなく、残念でした」

「二、三日滞在できればよかったのにね」

「そう思います」

「私にとっても幼年期を過ごした思い出の地だ。中学生の時にオレゴン大学のあるユージーンに移ってきた」

「そうですか。ユージーンのヘンドリックス・パークには友人とよく訪れました。春になると、石楠花《しゃくなげ》や躑躅《つつじ》が咲いていました。そこで日本の故郷を思い出したものです。冬にはフッド山にスキーに行ったことがあります」

「私も度々行ったね。コースが多彩で豪快なスキーを楽しむことができる。フッド山は遠くから見ると日本の富士山によく似ている。強いて違いを述べれば、フッド山は角張っていて男性的だが、富士山はしなやかな線を描いて女性的と言えようか。オレゴン州に到着した最初の日系移民は、親しみを込めて〈オレゴン富士〉と呼んだ。今度、カップルでユージンにお出かけ下さい」

話は尽きなかったが、春男は夫妻にホテルで休憩するように勧めた。

午後五時から、「チャンドラー教授夫妻歓迎の茶会」が、研究所の茶室で行われることになっていた。オレゴン州のポートランドで茶会の経験を積んだ夫妻には、作法の予備実習は必要なかった。

茶会の亭主は浜岡順子、半東《はんとう》は研究所の山本広子、同席者は正客《しょうきゃく》のチャンドラー氏、次客《じきゃく》の同夫人、詰《つめ》（末客《まっきゃく》）の山村春男だった。――茶会では主催者を亭主、取り次ぎをする人を半東と呼ぶ習わしがある。また、茶会では正客、次客、詰の順で席に着く。

同席者は待合《まちあい》でお互いに挨拶を交わし、白湯のもてなしを受けた。その後、外待合に案内され、露地の風情を眺めながら待った。程なく亭主の迎付《むかえつけ》があり、露地を通り、蹲踞《つくばい》で手を洗い、順に躙口《にじり》から茶室に入った。扇子《せんす》を前に置き、深く礼をして、ゆっくりと掛け軸に視線を向けた。詰が正客に代わって、「青山元不動（せいざんもとふどう）」と静かに読み上げげた。次に風炉を拝見して、座に着いた。

金茶無地の和服を着た亭主は、

「この度は、アメリカのオレゴン州のユージンからチャンドラー氏、令夫人をお招きし、研究所の茶室でこのように茶会を催すことができますことを心から嬉しく思っています」

と丁寧に挨拶した。

正客のチャンドラー氏は、

「露地には、木斛《もっこく》や百日紅《さるすべり》や槙《まき》などの落ち着いた格調の高い木々が植えられていて、そこはまさに風雅な雰囲気に包まれていると思います」

と英語で述べた。春男は和訳した。

チャンドラー氏は「掛け軸の意味を説明していただければ有り難いが」と言った。

亭主は「この掛け軸は、

青山元不動　白雲自去来（青山元不動《せいざんもとふどう》　白雲自ら去来す《はくうんおのずかきょらい》）

という禅語五言対句に由来するもので、上の句は〈毅然とした生き方を大自然の景観に託す〉という意味です。この禅語は『白雲は自ら去来するも、青山はもと不動なり』と下の句を先に読むと、意味がよく分かると思います。人の一生には晴天に恵まれる日もあり、曇《どん》天の日もあります。人生すべてが、順風満帆な時ばかりとは限りません。不運な境遇に直面する時もあります。このような時にこそ毅然と生きたいものです。私はこの禅語が本日の茶会にふさわしいと思いました。皆様とご一緒に〈毅然とした生き方〉を誓って、豊かな人生を歩みたいと祈念し、この掛け軸を用意した次第です。ご協力有難うございます」

亭主は穏やかな表情で述べて、次にこの趣旨を英語で要約した。

順子は用意周到に準備を進めてきたのだった。同席者は亭主の細かい心遣いに深く感じ入った。

次に紫無地の和服を着た半東《はんとう》が懐石を運んできた。正客と次客ともども、慣れた手つきで料理を味わった。

菓子を食べた後で、一同は外腰掛に座り、風情のある露地を眺め、心を清めた。夕日が沈んで、辺りはうっすらと暗くなった。

しばらくして、一同は、再び蹲踞《つくばい》で手を清め、茶室に入った。床の間の花籠には笹百合と縞すすきが生けてあり、涼しげな風が吹きぬけるようだった。亭主は「この籠を桂籠《かつらかご》と言います。昔、茶人が京都の桂川で鮎を釣る人の腰籠を目にして、それを初夏の花入れに見立てたのだそうです」と説明した。

客は閑雅《かんが》な雰囲気の中で黒の楽《らく》茶碗で濃茶《こいちゃ》を飲んだ。次に干菓子《ひがし》を食べ、穏やかな気持ちで薄茶《うすちゃ》を飲み、めいめい茶碗を鑑賞した。

客がお礼の挨拶を述べた後で、亭主は襖を閉めて退出した。

順子は初めて茶会を主催し、落ち着き払った態度で見事に亭主の役目を果たしたのだった。春男は茶室を退出する前に、茶会の名残を惜しみながら、床の間と風炉を拝見している時に、順子の病気は回復していると確信したのだった。


六月末の日曜日の午前十時、山村春男は、宇都宮駅前の喫茶店で浜岡順子と落ち合う約束をした。店のドアを開けて入ると、ターコイスブルーのワンピースを着た順子は、鉢に植えた紫陽花《あじさい》の側の席に座っていた。春男は手を振って近づき、彼女の隣に座った。店内の客の姿はまばらだった。

「先生、お早うございます」

順子は弾《はず》んだ声で言った。

「やあ、順子さん。だいぶ待った？」

「いいえ、先生。私は五分前に来たばかりです」

「ところで、順子さん。その先生という呼び名をやめましょうよ。春男と言って下さい」

「でも、先生は先生ですからね。言いやすいのです」

「順子さんはぼくの妻になるんです。先生では困ります。春男と呼んでいいよ」

「その言い方には抵抗があるわ。春男さん、と呼ぶことにさせて下さい。ねぇ、先生」

「うん、ではそれでいいよ。ぼくは順子さんと呼びますよ」

「順子、と呼んで下さい」

「民主主義の時代です。ぼくは順子さんと呼びますよ」

「春男さん、有難うございます」

「今日は、横山賢一郎範士に、結婚式の媒酌人になって下さい、とお願いに行く予定です。これまで、ずいぶんと紆余曲折《うよきょくせつ》があった。ほんとうに御免ね。ぼくは普通なら手の届かない良家のお嬢さんを妻に迎えることになった。亡くなったお父さんに申し訳ない気持ちがします。しかし、ぼくがほんとうに好きな人に巡り合ったのだから、幸せ一杯という心境です。もう、順子さんを泣かせるようなことは決してしないからね」

「私のほうこそよろしくお願いします。賢一の家庭教師になった時から、春男さんが大好きでした。いつも胸をわくわくさせながら先生がお見えになるのを待っていたわ」

「ぼくには、順子さんが紅茶とビスケットを持って部屋に入ってくる姿がとても眩《まぶ》しかった」

「あの頃、先生は私にいつも遠慮がちにものを言っていましたね。何となくおかしくてたまらなかったわ」

「良家のお嬢さんに、おいそれとは近づけなかったんですよ」

「それは失礼しました」

順子はそう言ってから、春男の背広に目を移した。

「春男さん、今日は見慣れない、しゃれたお服をお召しですね。とてもお似合いよ」

「ああ、これはアメリカ留学から帰る途中、イギリスで買ったものです。ちょっときざな感じがするので、帰国の時に着ただけです。今朝、嬉しい気持ちに駆られて、洋服だんすから引っ張り出して着てしまったんです」

「今、思い出しましたわ。賢一が羽田空港に迎えに行った時に、先生がしゃれたお洋服を着ていた、と言っていました」

春男と順子は喫茶店を後にして、バスの発着所に向かった。予定のバスが待っていた。春男はバスに乗り込み、順子の手を引いて、中のほうに入って行った。二人は奥の座席に座った。順子の項《うなじ》から、甘美な香水の匂いが漂ってきた。春男がパリで土産に買ってきた香水の匂いだ。バスは発車し、かつて二人がデートをした二荒山神社の前を通り、北関東の奥地へ向かって走って行った。

横山範士は、春男と順子を喜んで自宅に迎え入れて、結婚式の媒酌人になっていただきたいという二人の頼みを快諾した。

帰途、春男は、停留所のベンチに順子と並んで座り、バスを待った。

「順子さん、横山範士の家の座敷に通された時に、床の間を見たでしょう」

春男は順子の反応を待った。

「勿論、先生。いいえ、春男さん。〈和敬清寂〉と書かれた掛け物がありました。この四字は茶の湯の精神を表しています」

「なるほど。この四字は弓道の箴言《しんげん》の一つでもある」

「ということは、弓道と茶道は奥で繋がっていることになる」

二人は声を合わせて力強く言った。

「結局は、弓道に精進する春男さんと、茶道によって精神修養を求める私は、運命の糸でしっかりと結び付けられていたということになりますね」

「うーむ。何だかんだ言っても、ぼくは順子さんの魅力に惹き付けられてしまっていた。観劇に行った日のことを覚えているでしょう。あの日の宵のことだった。順子さんの口づけがぼくの心をとらえてしまったんです。小気味よい決定打となったんですよ」

「何て大げさに言うんでしょう。春男さんの意地悪！」

順子は声を出して、お茶目な子供のように笑った。
砂利《じゃり》道のかなたにバスが見えた。二人は手を繋いで、ベンチから立ち上がった。

参考文献

『弓道教本第一巻（改定増補版）射法篇』財団法人　全日本弓道連盟　昭和五十七年

芳賀幸四郎『新版一行物――禅語の茶掛――』下巻　淡交社　平成十四年　四三九－四四〇頁

取材協力者

平山　峻（M.D.,PhD,FACS　東京メモリアルクリニック院長　名誉院長）

落合榮司（日本大学保健体育審議会　弓道部監督）

小原宗昭（裏千家茶道助教授）

小原行雲（本名　堯　理学博士　日本大学教授）

カヴァー／表紙／本文イラスト　山口幸子

著者について

秋山正幸（あきやま　まさゆき）

一九五二年日本大学文学部英文学科卒業。一九六四−五年ミシガン州立大学及びオレゴン大学大学院に留学。現在、日本大学名誉教授。

主な著訳書に『ヘンリー・ジェイムズ作品研究』、『ヘンリー・ジェイムズの国際小説研究』、『ヘンリー・ジェイムズの世界』、『比較文学—日本と西洋』（オールドリッジ著編訳）、『比較文学の世界』（共編著）〈いずれも南雲堂〉などがある。

矢よ優しく飛べ

二〇〇七年五月十八日　第一刷発行
二〇〇七年八月二十五日　第二刷発行

著　者　秋山正幸
発行者　南雲一範
装幀者　岡　孝治
発行所　株式会社南雲堂
東京都新宿区山吹町三六一　郵便番号一六二
電話東京（〇三）三二六八−二三八四（営業）
　　　　　　　　三二六八−二三八七（編集）
振替口座　東京　〇〇一六〇−〇−四六八六三
ファクシミリ（〇三）三二六〇−五四二五

印刷所　壮光舎
製本所　若林製本工場

乱丁・落丁本は、小社通販係宛御送付下さい。
送料小社負担にて御取替いたします。
〈1-463〉〈検印廃止〉

ISBN978-4-523-26463-7　C0093